乔布斯
的
厨师

序

时光如梭,二十一世纪最伟大的创新者——史蒂夫·乔布斯离世后,已经过去了两年时间。没有乔布斯的苹果将何去何从,经常成为人们的话题。然而至少现在,苹果仍然是世界上市值数一数二的公司,在硬件、软件以及服务上不断推陈出新的公司。失去了不可替代的领袖之后,苹果公司继续存在着某种无形的力量。

回顾两年前,真的是非常偶然。在乔布斯去世的十月五日,在本书主人公俊雄的餐厅——桂月,我预约了最后一次晚餐。那是桂月关门前的最后一周,常客们对于桂月满怀不舍,预约蜂拥而至。在这种情况下，我好不容易预约到的是四个人的座位，和我一起的还有乐天公司的三木谷浩史和印象笔记的 CEO 菲尔·利宾。这次晚餐也是为了介绍他们彼此认识。

然而，就在去桂月之前，传来了乔布斯去世的消息，在悲伤的氛围中开始的聚餐让我至今记忆犹新。乔布斯最爱的座位是寿司柜台一号座位（实际上我也几次在这家店看到过正在吃寿司的乔布斯），那次，我们的座位是一号座位的正后方。一号座位对面，俊雄一如既往地站在柜台内，以一如既往的态度，全心全意地为我们制作寿司，只是偶尔露出一丝凄凉的笑容。

影响乔布斯的日本人当中有一位叫乙川弘文的老禅师。乔布斯去世后，各国出版了很多他的自传以及各种各样的解说图书，所以现在很多人都知道乔布斯从年轻时就很喜欢次文化[1]，并深受次文化的影响。在乔布斯的后半生，他作为一个创新的经营者不断成长的过程中，精神层面给他最大影响的就是这位弘文老禅师。

注1：次文化是指与主文化相对应的那些非主流的、局部的文化现象。又称亚文化。

弘文禅师与乔布斯，不仅仅限于师傅和弟子或者朋友的关系。一九八五年，乔布斯被迫离开苹果成立了NexT公司，曾任命弘文禅师为"精神导师"。一九九一年，乔布斯与劳伦娜·鲍威尔在约塞米蒂举行婚礼时，主持婚礼的正是这位老禅师。可以说，经常被称为天才的乔布斯，他的能力与美意识深受禅以及日本文化的影响。

影响过乔布斯的其他日本人，还有索尼的创业者盛田昭夫，然而我却想指出另外一个日本人——本书的主人公俊雄。作为一个日本人来看，俊雄也是非常谦虚的，所以这样的话绝对不会从他自己口中说出。这本书是根据他的口述整理的，原稿完成后，我又一次阅读俊雄与乔布斯的交往，感觉非常自然，毫无夸张，让我再次感受到他的谦虚。本书付梓后能够为众多的读者阅读，我发自内心地开心，同时也为日本拥有这样的手艺人而感到骄傲。

熏陶，本义是指在制作陶器时焚香，让香气慢慢地浸透到陶土里，再捏出形状烧制，最终成为作品。引申为人受到某些无形的力量的影响、感化，不断地提升自己。

弘文禅师从最开始就是乔布斯的老师，对于弟子乔布斯直接提供了很多建议。而俊雄总是保持着低调，粗读文章可能感觉他是一个非常被动的人。我想，俊雄自己也没有教别人什么、影响别人什么的那种高高在上的想法。他只是深入地观察每一位顾客的心情及身体状况，为了让他们能够愉快地在桂月度过短暂的时光，不断努力，提供细致入微的服务。

他只是在顾客需要时，全心全意地招待他们。即使美国开始流行种类丰富、形形色色的寿司，他也绝对不会迎合这种潮流，而是坚守着自己所坚信的寿司以及日本料理原本的样子，谦虚地、默默地不断提供着自己认为好的东西。

我想，俊雄以他多年不变的态度以及为数不多的语言，通过全身心地倾听、与顾客的眼神交流以及他手掌心的寿司，向顾客传达着什么，这是一种无形的东西，也是俊雄所坚持的信念。年复一年，不特别对待某位顾客，而是把所有人都当作最重要的顾客。

在桂月发生了各种各样的状况、并且乔布斯本人的身体也越来越差的情况下，各种偶然叠加到一起，俊雄收到了"要不要试下来苹果工作"的邀请，而我觉得这是乔布斯对于俊雄长期熏陶的回报。

在本书稿完成之际，传来联合国教科文组织将"和食"

列为非物质文化遗产的好消息。我对本书的读者们有个小小的请求：那就是不要将我们的先人长期积累起来的食文化以及其背后的思想认为是理所当然，希望通过阅读俊雄的回忆录，能够再次重新认识食文化及其背后潜在的力量（按乔布斯的说法应该是再定义）。并且，如果大家能够通过俊雄在任何时间、任何地点都非常谦虚、非常淡然的活法，切实感受到不迷失本质，坚持固守自己的工作有可能为改变世界做出贡献，那么作为乔布斯的铁粉、桂月的铁粉的我将无比欣喜。

2013 年 10 月于旧金山湾的新居

前 言

本书起源于报社打来的一个电话。

二〇一一年十月初,我们在美国西海岸硅谷经营多年的日本料理店"桂月"很快就要关门了。想要"最后在桂月再吃一次"的顾客们纷纷涌入店里,直到晚上九点多,我们才能歇口气。那个时候我接到了一个电话,"要不要写一些关于乔布斯的事情"。

苹果的创始人史蒂夫·乔布斯是桂月以及桂月的前身的常客。电话中,对方希望我写一些关于乔布斯的回忆。开始我想我自己的事情应该是一点意思都没有的,不过对方强烈地劝我说："很少有人在硅谷经营日本料理店四分之一个世纪，你不打算把这个经验和读者们分享一下吗？"于是我才接受了这个提议。

大约一个月后，报道一刊登，我们就收到了出乎意料的反响。这些都是来自原来的一些常客、乔布斯的粉丝，以及对硅谷感兴趣的人们。老实说，有这么多人对于我区区一个寿司手艺人的经验感兴趣，让我非常吃惊。

中学毕业后，十五岁的我进了寿司店做学徒，到如今在这个行业里已经快半个世纪了。其中有一半以上的时间（三十年左右），我是在硅谷这个异国的土地上做寿司的。

仔细想想，寿司店真是不可思议的餐厅。一般的餐厅，厨师都是在厨房，很少有机会和顾客面对面地接触，而寿司店的厨师与顾客的距离仅仅只是隔着一个寿司柜台。或许可以说我是在寿司柜台内进行着"定点观察"。

"乔布斯的厨师"这个题目让我多少有些不好意思，这本书是我三十多年定点观察的记录；也是包括乔布斯在内，硅谷的极具个性的顾客们的故事；也是不断诞生新的技术、不断重复着像过山车般起伏的硅谷的故事；也是在异国他乡赤手空拳，从小小的寿司店起步，发展到会席料理的小小的创业的故事。

　　我喜欢"一人即所有人"这句话。这是二十多年前，在去夏威夷的天台宗别院时，荒了宽和尚送给我的。他问我的职业时，我回答说是"做寿司的"，于是和尚对我说："那必须要认真地对待每一位顾客，每一位顾客身后可能会有数千、数万名顾客，某一天就会出现在你的眼前。"

　　随着时间的推移，我越来越能够深切地体会到这句话的分量。各种各样的相遇以及偶然累积起来，才会推动事物向前发展。当时未能留意的小小的东西，之后回过头来再看，会发现原来是一个事物不可或缺的一部分。本书也是在很多的相遇以及偶然的重合下问世的。

乔布斯在斯坦福大学的毕业典礼上说过,"把生命中的点点滴滴串联起来"。他介绍了他大学退学后,参加的美术字课程的经验用到了麦金塔电脑的开发中。"你现在正在做的事情会与人生某一阶段串联起来,开花结果。虽然我们不可能在预见未来的基础上把点与点串联起来,但在回顾人生的时候却能将这些点点滴滴串联起来。"

我希望能够作为对多年关照我们的顾客的一点小小回报,把我在这片土地上经历的事情,以书的形式保留并分享给他人。对于希望像乔布斯那样成就一番大事业的人们、对于对不断诞生新事物的硅谷感兴趣的人们、对于想要在海外创业的人们,如果本书能够成为对他们的将来产生或多或少影响的一个点的话,我将无比开心。

此外，我的妻子惠子是我的合伙人，不管是公事还是私事，本书也包含她的所见所闻。虽然从寿司柜台内的定点观察只有我一个人，但仅仅如此的话，还有很多留意不到的地方。寿司柜台内看不到的地方一直是妻子操心的，长期以来一直是她支持着寿司店。从这个意思来讲，我们两个人一起才能独当一面。

最后，对于在店内一直让我们叫"史蒂夫"的乔布斯以及很多出场人物，请允许我在以下的文章里省略敬称。

佐久间俊雄

※ 为了尽量使用佐久间俊雄的口头叙述，本书以第一人称行文。（采访于2011年10月）编辑部

目 录

第1章
再见，史蒂夫。再见，桂月
/ 1

二十六年历史的终结 / 3

乔纳森·埃维的预约 / 6

史蒂夫的指定座位 / 11

不可思议的缘分 / 15

第 2 章
让硅谷尝尝美味的寿司
/ 20

去东京 / 23

处理大型鱼 / 27

到夏威夷工作的意外邀请 / 30

在旧金山的回忆 / 35

SUSHIYA（鮨家）开业 / 37

与史蒂夫、沃兹的相遇 / 43

第 3 章
亲力亲为是史蒂夫的作风
/ 50

TOSHI'S SUSHIYA 与互联网 / 53

"你就是传说中的那位乔布斯吗" / 58

惊喜生日会 / 63

穿着破牛仔裤来取寿司 / 66

第 4 章

"天才"真实的一面

/ 68

第一次听史蒂夫说 "It's good!" / 75

以 iPhone 亮相!? / 81

去日本学习日式甜点 / 88

只有史蒂夫和乔纳森的午餐时间 / 92

作为父亲的一面 / 94

第 5 章
来了一个奇怪的家伙
/ 98

给 Kindle 发明人的建议 / 103

不挑剔的 LinkedIn 创始人 / 107

值得尊敬的风险投资家 / 114

第 6 章

桂月是经济景气的风向标

／120

日本的经济泡沫 —— 不速之客 ／ 123

Windows 开发者的预言 ／ 127

海鲜市场里关于投资的讨论 ／ 131

错过的大鱼 ／ 135

经济景气的风向标 ／ 137

第 7 章
挑战会席料理
/ 139

会飞的金枪鱼 / 144

寿司里不放奶酪 / 150

硅谷首家会席料理店 / 155

作为专业日本料理店的自豪 / 160

第 8 章
史蒂夫的邀请
/ 163

桂月的下一步 / 167

来自常客的帮助 / 171

出乎意料的结果 / 176

疯狂的主意 / 180

第 9 章

坚持了二十六年的理由

/ 186

寻找互相弥补缺点的伙伴 / 187

不满足于现状 / 192

从小起步 / 196

使用新的工具 / 199

Think Different / 202
（与众不同）

后记

/ 206

旧金山、硅谷一带

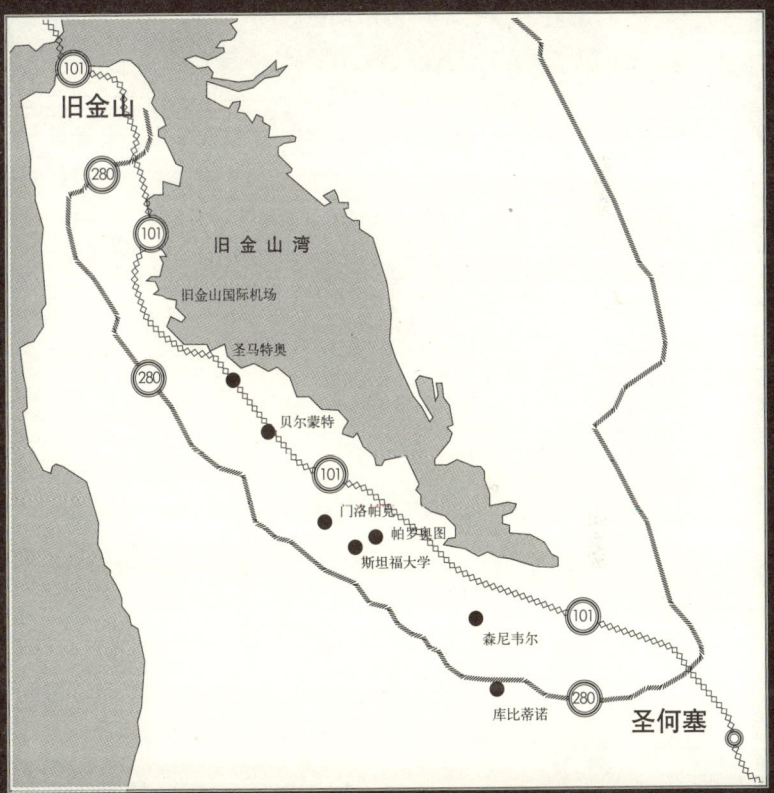

第1章

再见，史蒂夫。再见，桂月

● ● ● ●

美国屈指可数的名校斯坦福大学坐落于加利福尼亚州门洛帕克市，宽敞的校园西侧有一条叫做沙丘路的缓坡。我们在沙丘路的购物中心的一角经营着日本料理店"桂月"。

我们住在贝尔蒙特市，开着车牌是SUSHIYA（寿司店）的爱车本田奥德赛，走高速公路二八〇号线，大约二十分钟就能到达店里。在被称为湾区的这个地方，最近地价高涨，很多人不得不把家安在郊外，每天开车一个多小时上下班。这样算来二十分钟也算不错的距离。

二〇一一年十月四日的早晨，我像平常一样用香蕉和咖啡充当早餐后，开车驶向了二八〇号线。

上班高峰时段之后的二八〇号线，车流量很少。路的两边是宽阔的丘陵和湖面，与加利福尼亚清澈蔚蓝的天空形成鲜明的对比，非常漂亮。虽然兜风的时间非常短暂，却也让我切实感受到住在湾区的片刻幸福。

硅谷，顾名思义，与半导体产业有着很深的渊源，现在作为互联网等高科技产业的聚集地闻名世界。但实际上，这里可能与很多人想象中的高科技的印象相差甚远。

贯通半岛南北的山地与旧金山湾之间这块细长的区域，数十年前，放眼望去净是一片果园，种着很多葡萄树。就是现在，也基本没有机会看到高楼大厦。这里与纽约、洛杉矶等美国的大城市不同，与现代的高层建筑无缘。

在高速公路的附近以及住宅区，经常有机会冷不防地看到野生动物的身姿。我自己也很多次看到意想不到的光景，比如爬上树下不来的幼年狸，晃悠在"注意！有鹿出现"的提示牌前的鹿等等。实际上，这样田园般的氛围与我们三十多年前第一次到这里时没有什么变化。

从二〇〇四年四月桂月开业以来，除了周一固定休息之外，基本上每天我都是走二八〇号线到达店里。但是这样的生活将在不到一周之内结束。因为我们把三天后的十七日定为了桂月"谢幕"的一天。

二十六年历史的终结

~~~~~

对于生于日本、长于日本的我来说，桂月是我们在硅谷开的第三家日本料理店。

最早的一家是大约四分之一世纪以前，一九八五年开的叫做"SUSHIYA（鮨家）"的寿司店，地点是在离斯坦福大学很近的帕罗奥图市的繁华街道大学大街。虽然那里是硅谷里一等好的地段，但店面只有三米宽，非常狭小，只能放得下柜台座位以及三张桌子。

那个时候，即便是在居住了很多日裔以及亚裔的加利福尼亚，专业寿司店也非常罕见。

三十年前说到日本料理店，通常是寿司、天妇罗、寿喜烧、照烧等菜品全都提供的店子。像现在的日本料理热潮是无法想象的，在那种情况下仅仅是叫"SUSHIYA（鮨家）"① 这个名字就能充分展示与其他店的不同，成为很好的宣传。

一九九四年，我把这家店转让给当时的合伙人，在邻近

① SUSHIYA‧寿司店的意思。

的门洛帕克市开了一家稍微大一点的TOSHI'S SUSHIYA（俊雄的寿司店）。

在第三家店桂月，除了寿司，我们还增加了会席料理，厨师是在京都特地学习过会席料理的。在硅谷提供会席料理是非常大的挑战，非常幸运的是我们受到了当地广大顾客的眷顾。

然而，考虑到自己马上就要六十岁了，而且日元涨价、美元贬值的汇率变化让我们固定的采购越来越严峻等情况，我想在美国坚持了二十六年的日本料理店的经营，差不多是时候要收手了。

四日上午九点多，我到了店里，与厨房员工简单地商量了一下当天的工作内容，就开始做准备工作。在厨房煮米饭，准备一天的汤汁都是非常重要的工作。

另一方面，寿司柜台的准备工作是把寿司材料一一摆进寿司材料盒里。

煮米饭的工序都完全一样，然而每天煮出来的米饭却有细微的差别，非常不可思议。我在一边确认今天煮出来的米饭的情况的同时，一边把事先准备好的寿司醋与米饭拌在一起。醋的清香弥漫在空气中,让我感觉精神饱满,可以努力工作一天。

接着就到了配送车送货的时间,送来的货包括装在泡沫箱里冰镇的鱼、蔬菜、调料、酒等。日本料理店所需要的各式各样的东西都由专门的公司送到店里来。

收货后,员工开始检查,我在关注检查工作的同时也加快了准备的节奏。过了十一点半就会有顾客来店里吃午餐,如果不合理地安排准备的时间,就有可能赶不及。

虽然这样忙碌的日子也只剩下几天了,然而实际上我也没有闲工夫沉浸于这样的感慨。

乔纳森·埃维的预约

～～～

大约在一个月前的八月下旬，转手桂月的事情有了眉目，我们通过定期发送给顾客们的电子邮件通知了停止营业的消息。之后，常客们的预约蜂拥而至。

电子邮件的回信爆增，录音电话也很快就录满了。预约的顾客来自芝加哥、迈阿密、德克萨斯等全美各地，更远的甚至还有来自英国等国家的顾客们。预约很快就满了，远远超出了我们的预期。

"无论如何，我也想再去最后一次"，为了尽可能地满足常客们的愿望，我们特意从十月四日开始，设置了四天的酬宾日，优先安排那些之前没有预约到的常客们。

这个期间，我们放弃了一直供应的会席料理，只提供寿司和一品料理（简单的单点菜品）。这是为了尽量减少厨房的负荷，以便迎接更多的常客。

果然迎来酬宾日之后，店里就更加忙碌了，从上到下不可开交。马上就快歇业之前，还能创下开店以来最高的营业额记录，这是件非常罕见的事情，然而就在这之前发生了一件让人不可思议的事情。

"我是乔纳森的秘书，我想预约一下六号的午餐，用餐的是乔纳森和他的客人。"

三日，酬宾日开始之前，中午过后我在电脑上确认电子邮件时，注意到这样的一封邮件。发件人是苹果公司负责造型的高级副总裁乔纳森·埃维的秘书，他略懂些日语，邮件内容是英语夹杂着日语写成的。

乔纳森和苹果的创始人史蒂夫·乔布斯也时常到我们店里吃午餐。二〇〇八年顾客急剧减少，我们暂停一般午餐的供应时，根据史蒂夫的要求，有段时间我们只对他们两个人开放。

正是因为如此，除了史蒂夫的家人以外，和史蒂夫一起来桂月最多的应该就要算乔纳森了。

每周一次的包场营业时，在没有其他顾客的店里，他们的谈话有时会涉及到苹果的新产品等多少有些保密的内容。给我留下深刻印象的是，对于挑剔的、多变的史蒂夫，乔纳

桂月里只有史蒂夫和乔纳森的午餐。(2008年5月)

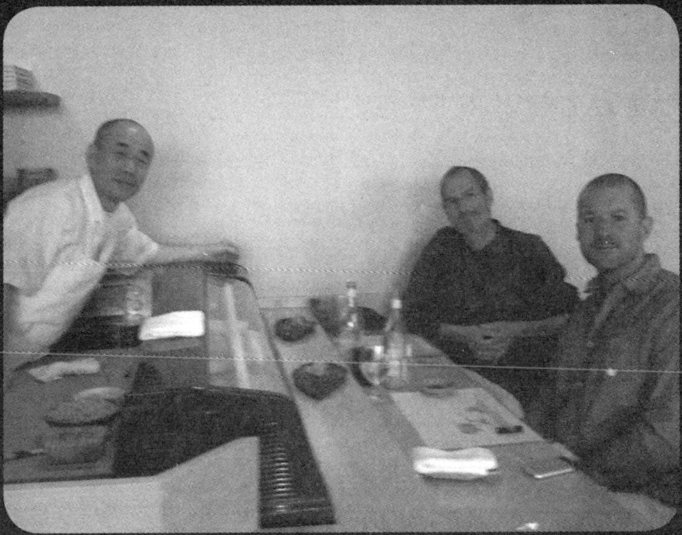

森经常是连连点头称是的同时，一直认真地把他的话听到最后。

史蒂夫点了"五个金枪鱼寿司"后，乔纳森每次都会加上"我来三个"。乔纳森给我的印象是，他一直是一个非常低调的人，对我们也非常礼貌。

要说乔纳森是常客当然没错，不过一般都是史蒂夫来预约的。这次是第一次他自己和店里联系。

"到底怎么了？"马上就要停止营业前，乔纳森的这一举动让我觉得非常疑惑。

收到这封邮件后，我确认了六日的预约情况，果然已经约满了。我正愁着怎么办才好，再次查阅后发现十一点半到一点半之间还能勉强为他们安排座位。

我问他们一点半以后有别人预约了，这也没有关系吗？"没有关系"，他们也很体谅我们的情况。

并且秘书进一步强调："乔纳森说一定要平时他和乔布斯常坐的座位，能安排吗？"

史蒂夫的指定座位

~~~~

寿司柜台前的六个座位里,史蒂夫最中意的就是从寿司柜台里看最左手边的"一号座位"。

实际上,与其说是最中意,倒不如说他有某种强烈的执着可能更加合适。

他来到店里,一般都会和我们打招呼说"Hi",然后好像等不急我们引导似的,急步地走向一号座位,仿佛那是他的指定座位般地坐下来。

好像他非常喜欢从那里环视整个店子。如果一号座位有人坐着,他一定会怒目而视,甚至有的时候可以明显感觉到他的不爽。

史蒂夫最后一次到店里来是七月中旬。他和夫人劳伦娜·鲍威尔一起,好像是去了斯坦福大学的附属医院,回去的路上顺路来了位于医院附近的我们店里。

史蒂夫每次都是预约后再过来的,而那时完全没有任何前奏,就突然来了。

桂月的结构是从外面很难看到店里,而店里可以很容易看到外面的样子。一个员工发现了从车里走下来的史蒂夫,慌慌张张地跑过来和我说:"乔布斯来了。"

那一天很幸运,史蒂夫能够坐到一号座位。但是他的身体状况却非常差。

虽然他看起来没有什么食欲,不过我给他做了一个金枪鱼肉泥细卷后,他大口大口地吃了下去。

他精神的时候,会点金枪鱼、三文鱼、幼鰤鱼等他喜欢的寿司材料。但那一天,却没能像平常那样有节奏地不断点单。

因为之后他没有继续点单,所以我问他:"来个天妇罗怎么样?"他回答说:"好。"于是我像平常一样炸了两只虾,以及一片他非常喜欢的南瓜。

但是,史蒂夫的食量比以前更加地少,这个时候,吃一只虾就感觉非常吃力了。

不大会儿工夫,短暂的午餐结束后,他像平常一样起身离开了。应史蒂夫的要求,我们这里预留了史蒂夫本人以及劳伦娜的信用卡卡号，所以节省了付款的麻烦。

史蒂夫是桂月的顾客中最有名的人，但我们也没有因此对他特别对待。有时候他打电话或发邮件来预约，如果座位满了，也经常会拒绝他，或者是让他改天再来。

桂月的前身TOSHI'S SUSHIYA时代，史蒂夫经常自己打电话来预订外带的寿司。这种时候，在他来店前把他订好的寿司做好等着他就行了，然而有的时候店里很忙碌，也有没有提前准备好的情况。

但是，即使我们没有来得及提前准备时，史蒂夫也会说："没关系，我等等。"对我们出奇的宽容。虽然这么说，他会在收银台边上一直盯着我们捏寿司的动作。他的视线让我们很别扭，感觉捏寿司的节奏都要被打乱了。

不仅仅是史蒂夫，在这并不宽敞的店里头，我们也时常让其他一些经常出现在电视及报纸上的知名企业的老总们等待。这让我们觉得非常抱歉，不过，他们都毫无怨言地静静等待，让我对他们非常有好感。

这让我感觉到，虽然他们都是公司的大人物，却出人意外地和普通人有着同样的感觉。

不知道从什么时候开始,我们养成了在史蒂夫离开桂月时,彼此说"See you soon"的习惯,就好像仅仅是属于我们的暗号一样。

在对暗号时,史蒂夫的笑容总是非常有魅力。这种在电视或者照片上很难见到的笑容曾经是仅仅属于我们的宝贵财产,然而那一天,他总是埋着头,声音也很小,总觉得有些凄凉。

现在回想起来,有可能史蒂夫他自己也知道,那可能是他最后一次来了。

不可思议的缘分

~~~~~

实际上,史蒂夫后来再也没有来过。那年夏天之后,媒体对于史蒂夫的身体状态的报道越来越多,我们也听说他的状态不是很好。

八月二十四日,他宣布将辞去他最爱的苹果公司的首席执行官(CEO)职务。

"我之前总是在说,如果有一天我不再能履行作为苹果CEO的职责,无法满足你们的期待时,我将第一个告诉你们。不幸的是,这一天到来了。"

史蒂夫发给苹果董事会以及员工的信里这样写道。当然,史蒂夫辞职的新闻在硅谷被广泛报道,他身体状况的恶化已经成为众所周知的事实。

尽管如此,我们因为乔纳森的突然预约,又看到一丝光明。

我们想:之前那么多次报道他的健康恶化,很多次不都是错误的吗？乔纳森说的"客人"肯定是史蒂夫。他说不定又会像从前那样，一边和我们说"Hi"，一边出现在我们的面前。

五日，我们像往常一样来到店里，像往常一样开会、准备寿司材料、开始中午的营业。因为是要迎接很多常客的酬宾日，所以准备工作比平常要多一点，除此以外店里完全和平时一样。

已经开始歇业的倒计时，却没想到遇上如此戏剧般的事件。然而，现实情况却并不会像戏剧那样发展。

当然，酬宾日的第二天也是超出预料地忙碌，终于结束了中午的营业。好不容易喘了一口气，就在大约五点过后马上迎来晚上的营业时，一位常客打电话给我们说："新闻报道说史蒂夫去世了。"

虽然接到电话后，我们知道了史蒂夫去世的消息，不过一时间很难相信。前两天乔纳森的预约让我们的期待不断地膨胀，我们还未能放弃仍然抱有的一丁点儿的希望。

我不能马上整理好我的心情。然而另一方面，现实情况又让我忙碌得没有时间沉浸在悲伤之中。

因为要不断迎接长年来眷顾我们的常客，虽然我们有所心理准备，但忙碌远远地超出了我们的预计。我们九名员工一起忙得团团转。

最后接受点单的时间是晚上十点，但也并不是马上就能结束。

结果，一直到十一点半或者快十二点，我们才和每一位顾客告别。有些顾客会和我们握手、进行美国式的拥抱，甚至有人会落下惜别的眼泪。

没有想到我们会被这么多的顾客喜欢。在硅谷提供会席料理，是前所未有的巨大挑战，我们却受到众多顾客的支持。回顾过去的道路，感激无限。

同时，一次与这么多的顾客告别，使得我心中"喜怒哀乐"的"哀"的洪水泛滥，非常难以用语言表达我复杂的心情。

那天，回到家里打开电视，每个台都在播放史蒂夫去世的新闻（果然是真的啊？），好像要逼迫我们接受与史蒂夫永别的现实一般。

六日十一点半，乔纳森没有来。十一点半前他的秘书发来一封简短的邮件，"非常悲伤，我们不得不取消预约。"

我们回信说："知道史蒂夫去世，我们也非常悲伤，向您表示哀悼。"

那天中午，挤满了老顾客的店里单单空出两个座位，我一边捏寿司一边默默地看着空空的座位。

最后一天的七日也是一样。多少次泪水中的告别后，我们比平常早一点儿关了店。

关门后我们与员工举行了一个小小的派对。因为是最后一天，我们尽情地吃光了剩下的食材，员工们不断地打开昂贵的红酒、日本酒。派对举行了近三个小时，最后我还收到了鲜花和卡片。等到能松一口气的时候，时针已经指向凌晨一点半了。

就这样，怒涛般的一周结束了。我们在硅谷经营了二十六年的日本料理店落下了帷幕。

简单地收拾后回到家中，得知那一天正好是举行史蒂夫秘密葬礼的一天。我们桂月的谢幕与史蒂夫的葬礼在同一天，真的只是一个偶然吗。这样的巧合让我一瞬间非常吃惊。

冷静地考虑一下，确实能够理解这只是巧合而已，即便如此，我还是深深地感觉到冥冥之中注定的一些东西。

我还有一个放不下的事情，那就是乔纳森的预约，到底是和谁一起。

"乔纳森是不是也同样相信史蒂夫能够恢复呢？

"或者史蒂夫实际上身体情况暂时还不错。

"或者乔纳森本来打算和史蒂夫之外的人一起来。"

我设想了很多情况，当然真相不得而知。

桂月关门后，我也曾见到过乔纳森几次。每次见到他，他都会问我："俊雄，还好吧？"他随和、温厚的性格和原来相比完全没有变化。

正是因为乔纳森的这个样子，可能要是我随口问一下"那时的预约是……？"就好了。

但是，一旦到了乔纳森面前，我至今无法提及那个话题。那个时候乔纳森为什么预约，所谓的"客人"是谁？真相依然是个谜。

第二章

让硅谷尝尝美味的寿司

● ● ● ●

日本距离美国西海岸的旧金山机场八千公里。对日本来说，旧金山是美国的门户，今天，从日本乘飞机不到十小时就能到达这个城市。

现在，很多的游客以及商务人士不断地往来于两个国家之间，而我（俊雄）跨越太平洋，来到旧金山，然后再来到硅谷花了十年以上的时间。

一九五三年，我出生在福岛县伊达郡福田村。现在，那里在市町村的合并之中，已经合并为川俣町的一部分了。

福田村在位于东北本线福岛站向东三十分钟车程的地方，那里的人们大多以农业生产和纺织为生。

与我家关系很近的佐久间家的本宗有一片养蚕的桑林。上小学时，放学回家的路上，我经常去采桑葚吃。

酸甜的黑色果实很像美国超市中常见的黑莓。后来到了美国,第一次吃黑莓时,我就想起过去常常吃的桑葚。当然,当时的我做梦也没有想到,长大后会住在美国,会成为寿司厨师。

我的学习成绩不是很好,中学三年级的暑假前,参加了决定今后出路的考试之后,更加坚定了直接就业的想法。

我的学习成绩倒是勉强能够继续升学,但是我觉得学习很烦,考虑到已经升学的哥哥以及下面的弟弟妹妹,我觉得自己不能再给家里增加负担。

和准备升学的学生不同,我们决定就业的学生参观了一些工厂。我们参观了当地的一些机械零件以及纺织的工厂,但老实说没有对哪家工厂感觉不错。除了对这些工作不感兴趣以外,可能心底的某个角落总是有着想要离开农村的想法。

从小学开始,每次期末,学校寄给我家里的评价总是写着"不安分"。仿佛我的脑子里有一只虫子告诉我,不能一直待在一个地方,后来这只虫子也曾多次蠢蠢欲动。不过不管怎么样,我的视线瞄准了外面的世界。

就在有一天,在中学的就业科贴满了招人信息的墙壁上,我发现了寿司店的招人广告。上边写的只有店名以及地点等非常简单的信息。我的亲戚里没有寿司厨师，我对寿司也没有特别的感情。

但是，不知怎么地我觉得当一名寿司厨师是一个非常好的出路，所以就选择了东京都东久留米市的"柳寿司"。毕业典礼前一个月左右，一九六九年二月，老板柳茂树来到福田中学，在那里进行了一个简单的面试后，决定录用我。

比我稍微大些的人们都是没有毕业就和企业签订了雇佣关系的。高度发展时期的日本到处都严重地缺乏人手，刚刚中学毕业的学生到处都受到欢迎。现在想起来，我毫不费力地就找到了工作，也是因为那个时代背景吧。

去东京

~~~

一个月后,在毕业典礼的一周之后,老板再次来到福田村接我。我把日常的生活用品装进一个提包,和家人告别,向着仅在修学旅行时去过一次的东京出发了。

柳寿司的店是在东久留米市住宅区的商店街一角,是一家算上柜台座位和日式房间座位也只有二十个的小店。 这个不足十三平米的房间到了晚上就是我和两位前辈的卧室。说到个人空间,就只有用来装被子和个人用品的壁橱的一部分。可能现在的年轻人无法相信,当时我们对那样的情况完全没有质疑。

每天早上起床后,我把被子收进壁橱,用拧干的抹布擦拭榻榻米,开始一天的工作。收放个人物品的壁橱也必须随时保持干净整洁。

我用厨房角落里的水龙头洗脸后,开始了打扫厕所、擦玻璃、洗盘子等杂活。店里除了老板夫妇以外,还有厨师、准厨师、学徒前辈，这个前辈曾经也是我的师傅。

除了打扫等店里的杂活以外，送外卖是新人的另一项重要工作。

我记得当时一人份的寿司差不多二三百日元。最开始柳寿司的标准寿司二百八十日元，金枪鱼寿司卷三个一百八十日元，清汤荞麦面一碗五十日元，所以寿司也并不是多么贵的美食。还有当时的人工费以及材料费也并没有很贵。寿司被当作非常平民的食物，经常收到住宅区的外卖订单。

我先是跟着前辈在住宅区转，记住附近的路，学会了怎么能提高配送效率，怎么能在回收空的寿司桶时少走冤枉路等诀窍。一手拿着装满寿司桶的提盒，一手握着自行车车把的我，感觉自己非常帅气，非常陶醉。

当时，东久留米住宅区已经基本上全部入住了，周边的住宅区也在不断地开发。店里一直非常忙，连刚进店的我也是马上投入使用的有生力量。

打扫、外卖、洗涮的工作做了半年后，我终于得到了使用菜刀的机会。虽说如此，距离真正地处理鱼还差很远。店里交给我的最开始的工作是对乌贼以及幼鲦鱼进行简单的处理。

每天早上，老板会去市场采购，把乌贼等鱼类用桶装回店里。首先由我去除乌贼的脚，由前辈剥皮。过了一段时间我熟悉了之后，逐渐把剥皮的工作也交给了我。

处理幼鲦鱼时先是用水洗干净，去鱼鳞、头和内脏。我的手法多少熟练些以后，就能开始做一些切片的工作了。但是刚开始时，总会有很多肉留在骨头上，鱼的损耗也比平常多。这种时候会被前辈轻轻地弹脑门。这种程度的粗暴，当时是非常平常的。

当时的寿司店里，有的寿司厨师会一边抽烟一边捏寿司，幸好，最开始教我的前辈性格很好，而且非常注意整理。至今，我一直以为自己是非常喜欢干净，并暗自引以为荣的，这也是因为最开始的时候是跟着这位前辈学习的结果。

差不多一年之后，柳寿司搬到了东久留米市泷山的泷山住宅区。那也是住宅区里商店街上的店，不过这次是老板自己买下的店。两层楼的建筑，老板一家人住在二楼。

这个时候，乌贼剥皮的工作完全变成是我的工作了，并且我开始能够处理泥蚶、蛤蜊等贝类了。打开壳，把肉和内脏分拣出来。但是这个时候离把金枪鱼、比目鱼、鲷鱼等大型鱼切片还有很大的差距。

那时，我也只有打扫的时候才能进到寿司柜台里。到了第二年的下半年，终于能进寿司柜台里工作了，我用的是两块大砧板里靠角落的一块，准备些稻荷寿司里油炸的材料以及葫芦干儿，或是把寿司醋和米饭拌在一起。

处理大型鱼

我在柳寿司的每一天都非常地充实,然而差不多过了两年之后,脑子里生来好动的那只虫子又开始蠢蠢欲动了。

寿司店之间人与人的联系非常紧密,从朋友或同事那里能得到很多招人信息。寿司店的厨师也不断换来换去,甚至还有专门介绍工作的中介公司。再加上到处都缺人手,要找到下一个工作机会非常简单。

在柳寿司之后,我去了浅草·合羽桥的一家寿司店,那是一家只有夫妻两个人经营的非常小、却很整洁的店子。那家店里只有五六个寿司柜台前的座位,基本上以外卖为主。在这里我第一次真正地站到了寿司柜台里。

在柳寿司工作的时候,我就开始了捏寿司的练习。或是用剩下的米饭试着做寿司的饭团,或是用布卷成饭团大小,然后用皮筋绑着,代替饭团握在手里反复地练习,仅限于这个程度。

怎么样捏得更快，怎么样捏出来更漂亮，在手艺人的世界里，与口传面授相比，最基本的是边看边模仿，从师傅那里偷艺，我想这些到现在也不会变。正因为有了在柳寿司的观察以及私下的练习，所以在新的店里开始试着真正地去做时，意外地非常顺利。

浅草虽说和东久留米一样都是在东京，差别却非常大。这里与街坊四邻的联系非常紧密，总感觉好像中学毕业前我一直生活的福田村一样。

上小学时，村里有户人家买了电视机，我记得我曾跑到他们家里，和他们家的小孩一起去电视机背后偷窥里面的显像管。虽然东京是个大城市，我却感觉浅草有着相同的氛围。

这个时候，店里帮我租了店背面的公寓。五平米见方的地方，虽然没有浴缸，不过与在之前的店里和前辈们枕头挨枕头地睡在一起相比，已经算是大大的出人头地了。

我非常喜欢浅草，不过过了一段时间后，我想学习更多的知识，想去见识更加宽广的世界的心情慢慢地强烈起来。在浅草一年半之后，我去了涩谷。

我记得涩谷的"都寿司"是在西武百货店附近、非常忙碌的一家店。不过，对于想在顾客很多的店里练习快速捏寿司的我而言，这个环境是最合适不过的。

从大年夜到元旦，到明治神宫进行新年首次参拜的人们，在店前面排起了长长的队伍。这段时间，筑地市场不营业，所以必须要提前准备好几天的材料。在这种忙碌的情况下我得到很大的锻炼。

在这里，我学习了算账的方法。忙的时候，一个人要服务六七个客人。哪位顾客吃了什么，吃了多少，虽然过去我可以说对数学完全不行，可这个计算容不得半点失误。

到底是需求为发明之母，还是发生火灾时激发出超级救火能力呢？人被逼到绝境时，往往能发挥意想不到的能力。

在涩谷的店里，我开始能处理金枪鱼、比目鱼等大型鱼。又过了两三年，寿司厨师开始带我去筑地。在筑地，我学习了怎么采购，并且让很多人认识了我。到了这个程度，基本上就具备了做一名寿司厨师的资格了。

记得是在涩谷的店里工作了四五年的时候，都寿司在府中开了一家分店，我就去了分店工作。在分店，我成了寿司厨师里的二把手，感觉多年磨炼的成果得到了肯定，我非常高兴。

到夏威夷工作的意外邀请

有一天,我回去老东家柳寿司,隔着寿司柜台闲聊的时候,突然老板问我说:"要不要去夏威夷工作?"

这个提议让我非常意外。柳寿司的老板是当地国际狮子会的成员,国际狮子会的成员中有一个公司的老板,在夏威夷经营日本料理店"故乡"。

当时,夏威夷作为蜜月旅行地越来越受到人们的欢迎,日本料理店也越来越多。

那时我还没有出过国,就连护照也没有。上学的时候不光是数学不好,英语也完全不行。要是平常人的话,可能不会马上说:"想啊!"这个时候那只好动的虫子又推了我一把。

一九七九年十一月,我乘坐中华航空的飞机从羽田机场出发,飞向了檀香山机场。

当时的夏威夷已经是世界著名的旅游地,用一句话形容就是"非常棒"。蔚蓝的天空、湛蓝的海洋、五彩缤纷的鲜花、一年四季温暖的气候，正所谓"人间的乐园"。在这样的环境中，每个人的表情都非常安详。看到满面春风的游客，感觉自己心中也充满莫名的幸福感。

"故乡"位于怀基基中心地段的凯悦酒店，这是我新的工作地点。店里分寿司、铁板烧、厨房三个部门，我被分配到寿司部门。寿司部门已经有两个员工，加上我刚刚好。

我一直都很乐观，可是对英语却多少有些担心，不过马上就发现这是杞人忧天。店里的人都懂日语，与只懂英语的顾客的交流，就交给日语和英语都非常流利的服务员们。也有很多来自日本的游客，有时候让我感觉这里就好像是日本的热海。

在夏威夷的某次相遇，大大改变了我之后的人生。

有一次，"故乡"在菲律宾开了分店，比我早来的寿司厨师要去支援半年。于是我从他那里接手了汽车，开始负责处理邮寄以及公共服务缴费等工作。所以每两周都会去一次"故乡"的事务所，在那里工作的惠子后来成为我的妻子。

惠子是高一结束后和家人一起从冲绳移居夏威夷的。我认识她的时候，她还是夏威夷大学会计学的学生。惠子在"故乡"帮忙处理会计事务，忙的时候也会到店里负责会计工作。

事务所里有两位工作了很久的正式员工，不知道为什么他们两人都对我很满意。

好像他们经常和惠子说"佐久间这个小伙子不错啊"等等的话，不断地"推销"我，所以在这里认识惠子后，我们开始了交往。

当时，我还参加了檀香山马拉松，并且跑完了全程，成为我人生中美好的回忆。当时来自日本的选手好像只有五百人左右。

跑完全程后，当地的报纸还刊登了我的照片。却是我最疲倦的时候坐在长椅上休息时傻傻的样子，看了报纸自己都忍不住笑了。

在夏威夷的日子，工作和生活都非常充实，两年的时间很快就过去了。

我记得我从日本出发时，汇率是一美元兑换二百五十日元上下。当时，在海外工作的寿司厨师的工资相当不错，本来我想的是出去两年大赚一笔，然而更加重要的是在夏威夷的两年非常愉快，我对于生活在外国的别扭以及抵触越来越少。

我和惠子交往一年后开始考虑结婚的事情。我们想结婚以后也不回日本，而是打算申请永住的权利。

但是，经营"故乡"的公司原则上不支持永住权的申请。申请签证及永住权，对于想在美国生活的日本人来说，至今仍是一个必须克服的重要障碍。我们以为完全没有希望了的时候，仔细调查后发现有配偶签证这种制度。

惠子有美国国籍，如果我作为惠子的配偶申请签证的话，大约半年时间就可以通过申请。原本，我们对于结婚只是有个模糊的概念而已，以此为契机进展就大大加快了。

关于申请配偶签证还有这样一个故事：当时，经常发生为了取得永住权进行伪装结婚或婚姻诈骗的案件，也有人提醒惠子注意，我有可能是为了取得永住权才和惠子结婚的。

我记得惠子当时非常气愤地说："说得好像我没有美国国籍就嫁不出去一样！"

一九八〇年左右，以夏威夷为跳板，移居到美国各地的寿司厨师越来越多。日本的食物开始真正地走向世界。

我在夏威夷认识的一些人中也有几位移居到了美国本土，在准备结婚的同时，我去拜访了这些熟人，想要实地去了解一下他们的工作环境、录用条件、工资待遇等信息。

我拜访了洛杉矶和旧金山，那里当时就有很多日本人，也有人邀请我去亚利桑那州凤凰城工作。在好几个选择中，最后我和惠子的决定是旧金山。

为了申请美国的配偶签证，我需要短暂地回日本一段时间。回国后申请签证用的半年时间里，我又在之前工作过的位于府中的都寿司工作了一段时间。

留在夏威夷的惠子为了准备申请签证所需要的材料到处奔走，并且为了能够提前毕业，花了大量的精力参加夏季的课程。惠子于一九八二年八月十五日从夏威夷大学毕业，我们二十四日就举行了结婚典礼，又过了一周之后，就匆匆忙忙地出发去了旧金山。

在旧金山的回忆

一九八二年九月,我们在离旧金山市中心不远的里士满区租了公寓,开始了我们的新生活。

公寓位于一个缓坡的半腰,一居室的空间并不算宽敞,不过,距离被称为第二大中华街的克莱门特街很近,走着就能到餐馆及电影院,地理位置很好。在去购物的路上,能看到俄罗斯东正教的教堂,冰激凌形状的屋顶,让我感觉好像置身在欧洲的大街上一样。

我在美国本土第一份工作是在一家叫"KANSAI"的店子,位于金融机构非常多的金融区。KANSAI提供寿司、天妇罗、照烧等日本料理,是当时海外典型的综合型日本料理店。顾客当中大约一半是日本的派驻人员,一半是美国人。

在这里工作时也有一次非常有趣的经历。当时的福田赳夫首相访问旧金山时,在近郊的高尔夫球场的俱乐部里办了一个派对。由KANSAI负责提供饮食,我也被叫过去帮忙。

当时有天妇罗、各种煮的食物，最里边的就是寿司的位置。带着保镖、秘书等人到来的福田首相，比我想象得要矮一些。

我记得，当时我非常紧张地站在那里，福田首相指着白色的鱼肉对我说："帮我捏一个这个吧。"他亲切的笑容，让我的紧张顿时烟消云散。

SUSHIYA（鮨家）开业

~~~~

在 KANSAI 工作了两年后,我转到了位于旧金山南面三十分钟车程的圣马特奥的"MUTSU"工作。

现在,圣马特奥有很多寿司店、居酒屋、拉面店等日本料理店,在硅谷地区是为数不多的日本料理店聚集的地方,但当时只有 MUTSU 和另外一家。

我之所以转到 MUTSU 工作,是因为想在这个被称为半岛的地方,开一家自己的店子,这样的想法越来越强烈。每当休息的时候,我们夫妇都会开着车去寻找备选的地点。

位于硅谷南端的圣何塞保留了一条日本人街,这里曾是我们最佳的备选地。但是,实际上看过以后,发现市中心非常荒凉,荒凉得甚至有些恐怖。最近,员工激增的苹果新建的办公大楼是在森尼韦尔,当时也是非常荒凉的地方,完全不能想象现在会变得如此热闹。

就这样,备选地越来越少,最后剩下的就是斯坦福大学旁边的帕罗奥图。

从旧金山机场沿着高速一〇一号线，向南走三十公里，就能看到大学大街的出口。从这个出口下了高速，就能进入绿树成荫的高级住宅区。基本上每户人家都没有很高的围墙，庭院都修整得非常漂亮。

现在，市中心有苹果的旗舰店以及很多高级餐厅，每天早晚时段的拥堵也很严重。而当时，也就是零零星星地有些咖啡店、书店、乐谱店等一些私人经营的个性商店而已。

正巧惠子在报纸的招租广告里找到的店面，是在大学大街正中央，一家宽三米，长二十五米左右的狭长的店面，当时第一次看到这家店里我还很担心，这么狭小的地方能开餐馆吗？

问了MUTSU的老板给我们介绍的木工才知道，"刚刚好勉强满足开餐馆的规定，没有问题"。还有更重要的一点是，这么一个小小的店面，即使是失败了也不会有太大的损失，事实上这一点也让我们很放心。

这个店面之前是一个叫做"Suite Surprise"的咖啡店，店里的结构和他的名字完全对不上，我们去看店面的时候，发现里边怎么说都算不上干净。

但是,这个咖啡店老板签的租赁合同还剩下一段时间,所以转手给我们的时候,租金非常的诱人。大约是二十年前的事情了,每个月的租金只要四百八十五美元,出奇地低。

然而即使是找到了店面,还面临其他的问题。首先就是筹集资金。我计算了一下装修的费用、采购材料的费用、运营资金等等,发现手头的钱怎么也不够。

我考虑过去银行申请贷款,但是刚去第一家就被无情地拒绝了。其他的银行也指出我们店的地理位置不佳。如今的帕罗奥图的繁华景象,当时真是想都不敢想。

幸好后来去的银行,负责放贷业务的人是MUTSU的一位常客的朋友,我才成功地申请到贷款。但是即便是用尽了贷款额度,资金还是不够。我想起过去曾经有一位常客和我说过:"等你自己想开店的时候一定要联系我。"于是毫不犹豫地打了电话给他。虽然他已经回日本了,不过还是非常爽快地答应了我,就这样我们克服了筹集资金这一难关。

一九八五年五月,我和在旧金山的KANSAI工作时认识的一位女服务员一起,开了寿司店SUSHIYA。当时,专

一九八五年五月，帕罗奥图大学大街开业的 SUSHIYA（鮨家）的外观。

开店当天 SUSHIYA 店内。宽三米、长二十五米的狭长店面。

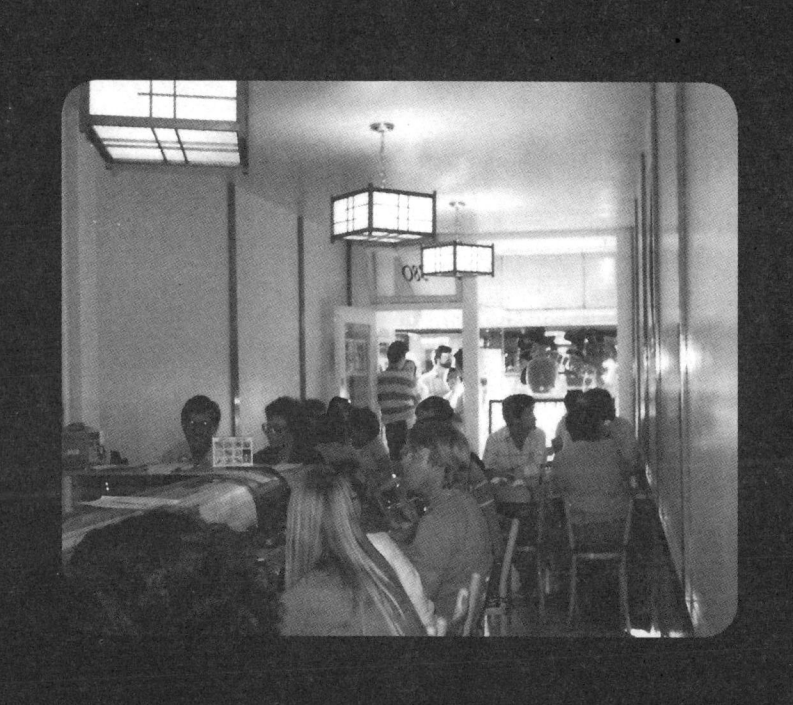

门做寿司的餐厅非常少见，如果把店名定为SUSHIYA，就能让我们的特征一目了然，并且在英语里是表示寿司的意思，所以我们决定店名定为SUSHIYA。

并且在开店后不久，也是为了宣传，我申请了字母组合是SUSHIYA的汽车牌照。换了汽车后也一直使用，一直到现在。

在开店之时，柳寿司把他们的门帘送给了我，做寿司用的整套器材都是拜托都寿司从日本寄过来的。

虽然我们是在筹资困难，并且没有经营经验的状况下开始的寿司店，但起步的时候却很顺利。每天开门前就有顾客在店门前排队，后来连续出现满员的情况。

这让我们切实感觉到，要是能预料到事情这么顺利，在店面以及人员安排上多下些工夫，生意或许会更好吧。当然我们也觉得太过顺利了，不过多亏这样贷款一年半就还清了。

开店之后我才意识到，店面选在临近斯坦福大学以及惠普等著名IT公司的地方，真是中了大奖。并且周边都是高级住宅区。可能也是因为有很多大学教授、商务人士、研究人员光顾我们的店子，我们才能取得高于预期的效果。

与史蒂夫、沃兹的相遇

~~~~

第一次见到史蒂夫和沃兹是在SUSHIYA的经营走上正轨两三年后,所以应该是在一九八七、一九八八年的样子。我正在寿司柜台里忙着捏寿司的时候,坐在我前面的一位老顾客把目光投向里边的桌子,悄悄地和我说:"你知道吗?里边那张桌子坐的可是史蒂夫·乔布斯哟。"

当时,正是史蒂夫被排挤出他自己创立的苹果公司,怀才不遇的时候。然而我当时对这些情况完全不了解。即便如此,我至今仍记得第一次遇见他的情景,因为当时史蒂夫的形象给我留下了深刻的印象。

硅谷从那个时候开始,旅游鞋加牛仔裤的搭配就好像大家的"制服"一样。斯坦福大学里的一些老教授有时也会扎领带,但那也只是例外。然而,当时不过三十岁出头的史蒂夫却是西装领带的打扮。

本来硅谷里像这样严谨的装扮就很少,而且这个装扮来吃寿司的就更是前所未有了。这便是我虽然不知道史蒂夫为何人,却留下深刻印象的原因。

最里边的座位坐在史蒂夫对面的是一位女性,她身着米色的西装,我只能看到她的背面,而史蒂夫的样子却看得非常清楚。我记得第一眼看到他,觉得他非常帅气,应该是个好男人。

我想当时史蒂夫还是素食主义者。特意来到寿司店,却仅仅只吃了些卷蔬菜的寿司。可能听说是名人,我也提起了兴趣,给他们赠送了一些酱菜,看到史蒂夫从最里边的桌子微笑着向这边挥了挥手。这就是我和史蒂夫的第一次相遇。

这是史蒂夫第一次来SUSHIYA,也是最后一次。他成为我们的老顾客是在一九九四年,我们换了新店并且扩建后。

又过了两周,苹果的另一位创始人史蒂夫·沃兹偶然来到我们的店里。

那个时候沃兹就和现在一样,容貌像黑熊一般,坐在寿司柜台前的座位吃寿司。身穿白色衬衫的沃兹,有着强大的气场,我甚至还想过他是不是好莱坞的明星。

对于两位苹果创始人的八十年代的回忆仅限于此。二十世纪八十年代后半段到九十年代初,苹果处于低迷期,远离人们关注的中心。以半导体为中心的硅谷的其他企业,也在日本企业的攻势下,一片惨淡。

所以,那时苹果和硅谷被美国的媒体大肆报道的机会和现在相比,真是有着天壤之别。谁也没有想到,后来苹果公司能改变IT行业以及人们的日常生活,史蒂夫自己会成为时代的宠儿。

一九九四年九月,门洛帕克市里面向埃尔凯米诺雷亚尔开业的 TOSH'S SUSHIYA 的外观。旁边是著名的汉堡店 OASIS。

TOSH'S SUSHIYA 店内。寿司柜台座位十个,桌子座位二十六个。

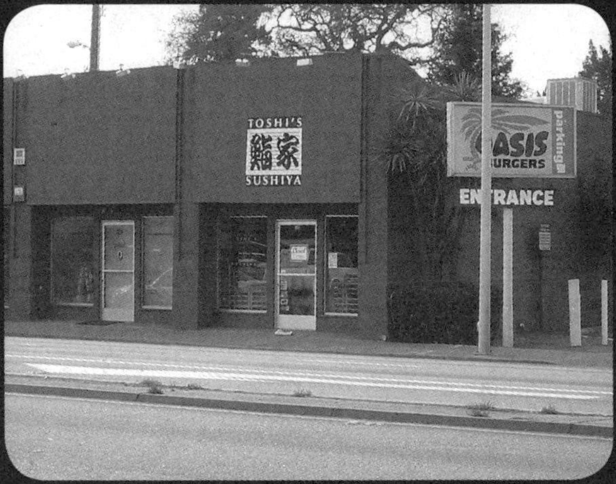
TOSHI'S
鮨家
SUSHIYA
OASIS
BURGERS
parking
ENTRANCE

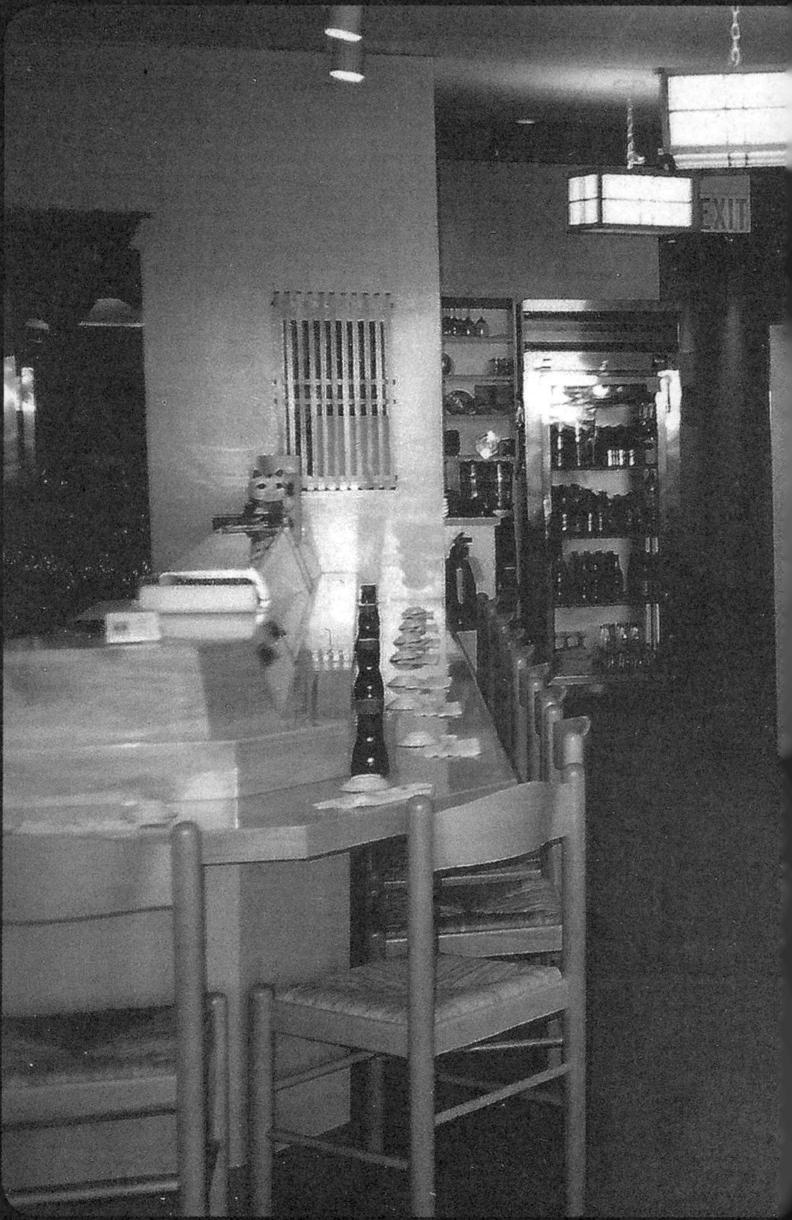
EXIT

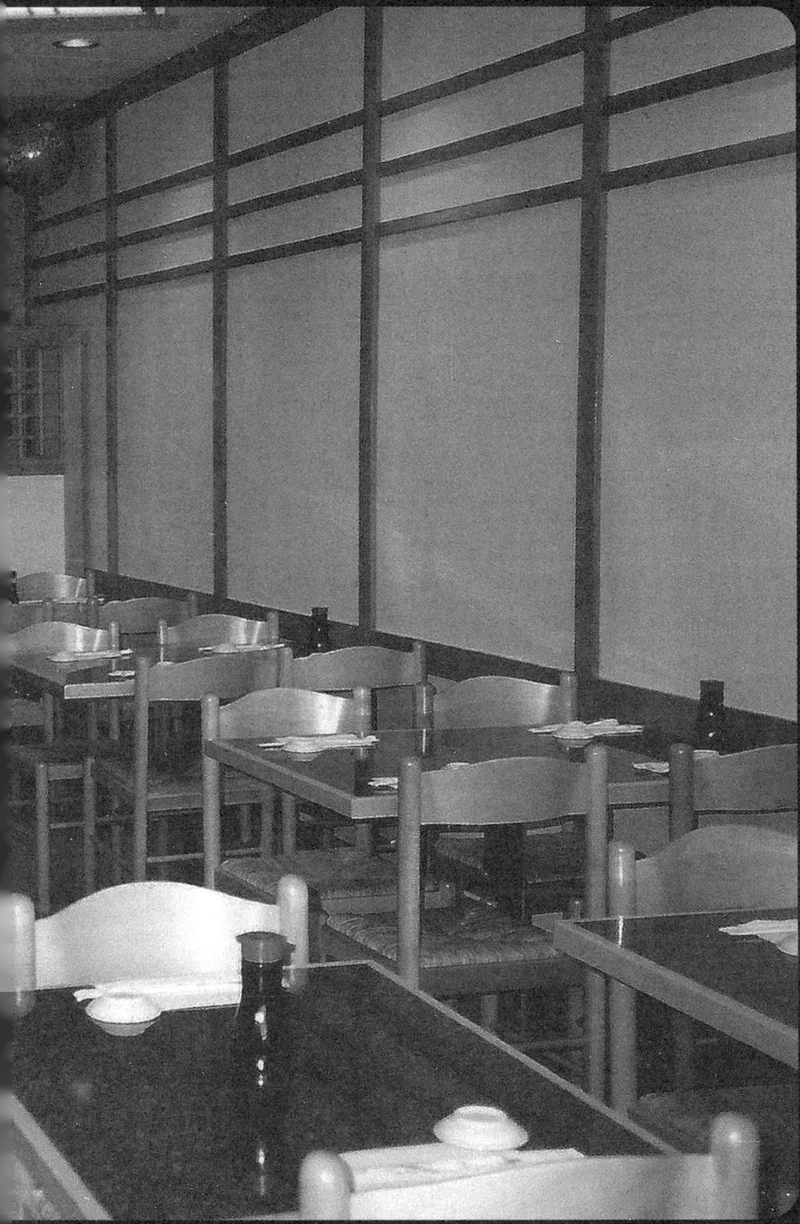

第三章

亲力亲为是史蒂夫的作风

● ● ● ●

进入二十世纪九十年代，SUSHIYA 的经营也非常顺利。回头客越来越多，他们也没有什么大的不满。但另一方面，我想开一家仅属于自己的店的想法越来越强烈。

我在美国本土的第一份工作是在旧金山的日本料理店 KANSAI，SUSHIYA 是和曾在那里做过服务员的一位女性一起合开的。店子全部交给我经营，这点倒没有什么问题。可能是开业五年后，我脑子里那只不想一直待在一个地方的虫子又开始蠢蠢欲动了。

就这样，我开始寻找新的店面。和 SUSHIYA 开业前一样，我们开始关注报纸的招租广告。一到休息的时候，我们夫妇二人一边开车兜风，一边去寻找能够开新店的地方，到处收集空闲店面的信息。这样的生活大约持续了一年左右。

一九九五年，硅谷的IT企业网景通信公司上市，以此为契机，引发了互联网以及公司上市的热潮。硅谷不断有亿万富翁诞生，房地产的价格开始攀升。然而，现在回过头来看，我们寻找店面的九十年代前期正是处于黎明前的时期。当时，路边上贴着"空房"、"招租"等字样的空店面还很多。

当时，我们夫妇常说"保持和现在一样的大小，或者再小一些就更好了"。为了能让SUSHIYA的老顾客也能够光顾，新店的地址我们想选在离SUSHIYA所在的帕罗奥图大学大街不太远的地方。

我们也就是这点条件，然而开始认真地寻找后，却发现很难找到合适的店面。

实际上，我们在开始寻找店面后很快就发现了一处，之后也曾很多次从其前面路过。地点是在帕罗奥图附近的门洛帕克市的大街，面向埃尔凯米诺雷亚尔。从和SUSHIYA相隔不算太远这点来讲，很符合我们的条件，但问题是墙壁的颜色。墙壁的颜色是像橄榄一样的深绿色，说白了看上去品位非常差。不管谁见了应该都会想，为什么偏偏选这么一个奇怪的颜色。

开始时我们都没有怎么考虑这里,因为很难找到合适的候补,所以不得已打电话过去问了些情况,没想到租金很便宜。"墙壁的颜色就和房东谈谈,让他重新涂一下就好了。"这样说服自己后,又谈了其他的条件,很快就正式签约了。

TOSHI'S SUSHIYA 与互联网

就这样，由我们夫妇二人经营的新的寿司店 TOSHI'S SUSHIYA（俊雄的寿司店）于一九九四年九月开业了。从与别人合伙经营的店子变成完全自己的店子，我们也以崭新的心情打算为顾客提供更加美味的寿司。

最终，我们认为是大问题的墙壁的颜色也没有重涂，到寿司店已经转让出去的现在也仍保持着原来的颜色。但是地理位置临近斯坦福大学，又在主干道边上，可以说非常适合餐饮业。

TOSHI'S SUSHIYA 的面积大约是一百四十平方米，差不多是 SUSHIYA 的两倍。有十个寿司柜台前的座位，加上一些能坐四个人的桌子，共能容得下三十多个人。虽然，面积是原来的两倍，实际上座位却并没有怎么增加，这是因为厨房的面积更大了。除了寿司以外，我们还打算进一步提供打包及外送便当的业务，所以预留了些余地。

实际上这些余地也可以说相当于没有。

在面向大路的门前,我们准备了四五个人排队时可以坐的椅子,但经常很快就坐满了,队伍就排到了店外。到了周末,顾客经常需要等三十分钟以上,有时候我们要给顾客无线传呼机让他们去附近打发一下时间。

当时,接受点菜的最晚时间是晚上九点半,不过实在是太忙的时候,也会在九点的时候就告诉后边排队的人说:"今天的营业至此为止。"即便如此,最后结束也常常是十一点以后了。

晚餐时间段,一般会有三批顾客。我一进寿司柜台就得片刻无休地一直捏寿司,那个时候甚至有顾客叫我是"寿司机器"。让我再次体会到曾经在东京、涩谷繁忙的寿司店里锻炼是件非常幸运的事。

这样的盛况很大程度上多亏了互联网的普及。

在TOSHI'S SUSHIYA开业前后,我曾去参加过在旧金山召开的一个餐厅相关的活动。在活动会场的一个角落里有一家承包网页制作的企业的展位,我在那里还自己操作了电脑。

在检索网站里输入"sushi"后,结果只找到一家寿司店。不知道为什么不是在纽约或是旧金山等大城市,却是一家在乡下的寿司店,不过不管怎么说,当时,在整个英语圈国家当中,有自己的网站的寿司店就只有那一家。

一九九六年前后,TOSHI'S SUSHIYA 开通了自己的主页。一九九五年微软开始发售 Windows 95,那一年被称为互联网元年。之后的一两年内,互联网就迅速地成为人们身边触手可及的事物。

到了一九九五、一九九六年,企业上市也引发热潮。我们也不例外,每天早上去水产公司采购鱼的时候,在等待室里,一定会谈论股票投资的话题。

"听说那家公司马上要上市了"、"某某人好像赚了好多钱"……大家完全置鱼类以及菜品的话题于脑后,沉醉在空前的股票投资热潮中。

TOSHI'S SUSHIYA 边上有一家叫 OASIS 的著名汉堡店。斯坦福大学的学生中间,取他的第一个字母,称之为"O"。我们的工作餐是寿司,他们的工作餐是匹萨,我们两家店的员工也曾经互相交换工作餐。

好像斯坦福大学的相关人士间有这样一句话："学生时代 OASIS，毕业后 TOSHI'S。"实际上 OASIS 多是年轻的顾客，TOSHI'S SUSHIYA 的顾客则相对年龄大一些。但是因为上市热潮，这个趋势也跟着发生了变化。

最大的变化是因为互联网、上市热，有钱的年轻人越来越多。并且在这些年轻人当中，用筷子吃饭，进出寿司店成了一种身份的象征。

本来在硅谷附近，很多人都不怎么在意穿着，可以说 T 恤、牛仔裤、旅游鞋就好像大家的"制服"一样。随着上市热潮以及被称为"雅皮士"的年轻的富裕层越来越多，通过服装就更加难以判断一个人了。

通常，餐厅都会根据顾客的穿着打扮来判断他的经济条件，当然可能也未必只有餐饮业存在这种倾向。但是，九十年代中期以来，由于硅谷的新富翁的出现，经常有那些看起来非常普通甚至脏兮兮的人，却是非常有钱的富翁的情况。有的人一顿饭吃下来，也不到二三十美元，甚至结账的时候还认真地盯账单看，这样的人当中也有很多是亿万富翁。

那个时候，我常和员工说："绝对不能根据顾客的穿着打扮或是当天点的东西来看人。"如果顾客对我们的食物和服务满意的话,有可能会把我们介绍给他的朋友或熟人,也有可能某一天会在我们这里举行包场派对。实际上,我们也有过很多次这样的经验。

"你就是传说中的那位乔布斯吗"

~~~

我记得那是在 TOSHI'S SUSHIYA 开业三四年后，有一天，店里接到一个预订外带寿司的电话。

多的时候，TOSHI'S SUSHIYA 每天能接到二十个以上这样的预订电话，所以接到这样的电话并不罕见。但我却对那天的电话记忆非常深刻，因为在挂掉电话前，我问对方的名字时，电话那头说："我是史蒂夫·乔布斯。"

一九八五年，史蒂夫被排挤出自己创立的苹果公司，渡过了一段人生的低谷。之后，他又创立了其他的IT公司，后来随着这家公司被苹果收购，一九九七年他再次回到苹果。

当时，苹果还没有什么热销的产品，也没有明确的经营方向。美国的媒体对史蒂夫再次回到这样的公司进行了大肆报道，特别是他回归苹果时的年收入只要一美元成为话题的中心。所以，即使这时离史蒂夫第一次来我们店隔了十年左右，我依然立马想起来了。

来取寿司的史蒂夫，从店背面的靠停车场那边的门走进来，穿着 T 恤和皱巴巴的茶色短裤，还有一双橡胶拖鞋。和第一次见到他时西装领带的打扮不同，和他之后为大家所熟悉的高领毛衣加牛仔裤的形象也不一样。

我记得我问他说："你就是传说中的那位史蒂夫·乔布斯吗？"他略带幽默地回答："可能，是吧。"

史蒂夫年轻时，非常热衷于禅，作为日本通也很出名。但从日本食物的角度来说，这时候他还是处于初学者的阶段。

他在店里点的东西尽是些酱菜卷、黄瓜卷、梅子紫苏卷等寿司。最多就是偶尔会点鳗鱼寿司，对于生鱼最开始他完全没有尝试。

即便如此，从这个时候开始，史蒂夫还是每周会点上一次外带的寿司。那个时候，史蒂夫经常会说："我二十分钟后去取。"却总是比计划早到。我说："还要花一点时间哦。"史蒂夫会笑着回答："没关系。"但他总是站在我们捏寿司或是收银台的边上，一直紧紧盯着我们捏寿司的动作。我感觉这样被盯着有些不自在，苦笑不已，不过之后也经常见到史蒂夫观察什么的举动。

记得当时有一次,坐在桌子座位吃饭的史蒂夫大模大样地走到寿司柜台前,指着寿司材料盒子问我:"今天什么新鲜?"

然而我忙碌得都被称为寿司机器了,非常抱歉根本没有仔细说明的空闲。我想都没想,爱理不理地回答说:"全部都很新鲜。"据说当时边上的人看着都为我捏了一把汗。后来我也反省过,哪怕自己再忙,应该也有更好的回答方法吧。

我暗暗觉得,在日本料理方面还是个初学者的史蒂夫应该是有"老师"的。他就是世界著名的软件公司甲骨文的创始人之一,现在担任 CEO 的拉里·埃里森。

拉里是有名的日本通,对日本非常了解,甚至在京都买了房子。他也经常定期地来店里。从他们点的东西来看,拉里比史蒂夫更加了解日本料理。拉里喜欢金枪鱼、幼鰤鱼、金枪鱼肉泥卷,也喜欢炸软壳蟹卷成的寿司。

九十年代后期的某一段时间,乔布斯夫妇以及拉里和他的女朋友经常在一起吃寿司,那个时候史蒂夫开始吃拉里点的寿司,并记住了那些寿司的味道。

最多的时候,他们每两周就会聚餐一次,聚餐总是很热闹。有一次，在进口处的墙壁上，我们贴了一张提醒顾客注意的事项，上边加上这样一句："座位按照到达的先后顺序安排，如果没有预约的话，就是史蒂夫·乔布斯也得等。"先到的拉里眼尖地发现了这句话。

好像拉里把他的发现告诉了稍后到达的史蒂夫，两个人一阵大笑。

还有一次，两个人脸凑在一起，悄悄地说着什么，突然大笑起来。我只听到了"微软"这个字眼，看情况怎么都不像是表扬的样子。

微软应该是把苹果逼入绝境的宿敌，而史蒂夫重回苹果后，马上确定了与微软的合作，并多亏微软的出资使得苹果得以喘息。这个事情，当时非常有名，所以我还记得当时我想，你们这样嘲笑恩人微软真的好吗。

两个人好像也会谈及工作。有一次，我看到他们在店里的餐巾纸上拼命地写着什么。

在硅谷，很多划时代的想法都是诞生于办公室以外的地方，餐巾纸在那个时候成了他们最佳的笔记本。有的博物馆还把这些写餐巾纸上的草书作为史料正式地展出。

这个时候两个人留下的餐巾纸上写了很多数字和箭头。我想这些东西可能很重要,所以临时还保存了一段时间,后来不知道什么时候就找不到了。

惊喜生日会

～～～

二〇〇〇年，纳斯达克指数创下新高，公司上市、互联网的热潮也到达顶峰。史蒂夫重新正式担任苹果公司的CEO。非常幸运的是，TOSHI'S SUSHIYA 的生意也越来越兴隆。

这年十月，店里收到来自史蒂夫的一个电话。十一月上旬某一天是史蒂夫的夫人劳伦娜·鲍威尔的生日，他想在那一天举行一个惊喜派对。因为那一天正好是我们固定的休息日，所以我就痛快地答应了。但是谈到具体的准备时，我才想起史蒂夫追求完美的一面，也曾想过这真是一件烦人的事啊。

史蒂夫给我们展示的当天的计划如下：

"我们将会在晚上七点去店里，首先请你们关掉店里所有的灯光，假装当天是休息日。等我们两人走近的时候，突然打开店里的灯光，让劳伦娜吃一惊，然后再次把灯光熄灭。这个时候点亮蜡烛，吃饭的时候只用蜡烛来照明。"

因为当天是固定的休息日，所以一般寿司材料盒里是空无一物的。史蒂夫也说不用什么装饰，不过我们还是觉得太煞风景了，所以悄悄地在寿司材料盒里装满了玫瑰。

到了那天，我们做好了所有的准备，在黑暗中屏息等待。然而，到了约好的七点钟，他们也没有出现，史蒂夫在来取外带寿司时总是提前到达，偏偏就这个时候迟到。

黑暗中，我们一边想他们到底是怎么了，一边焦急地等待着，大约又过了十五分钟他们终于来了。

非常有趣的是，当时史蒂夫对于场景反复地精心设计，而问他点什么菜时，他却非常含糊地说："寿司和刺身，剩下你们看着办。"

所以，当天我们设计好的食物如下：

前菜　五种拼盘

（凉拌菠菜、高体鰤卷、凉拌柿子丝、盐烧沙钻鱼、熏鳟鱼）

蔬菜豆腐汤

刺身

寿司

甜品

抹茶

史蒂夫对于食物特别挑剔，那一天的蔬菜豆腐汤、抹茶以及用鸡蛋做的甜品都不合他的口味。史蒂夫的做法是，端上来他不吃的食物，他就微微一笑，然后完全不动筷子，一直放在那里。那天，他也多次向我们展示他的"史蒂夫式的微笑"。然而，劳伦娜好像知道茶道的礼数似的，喝抹茶前会转动茶碗，基本上吃光了所有的食物。

生日晚宴就这样顺利地结束了，但老实说我们觉得有点不好意思。寿司柜台前只有史蒂夫和劳伦娜两个人，非常的安静，气氛有点不自然。虽然说是过生日，但除了寿司材料盒里的玫瑰以外，店里什么装饰也没有，怎么说也有些煞风景。本来，冷静地考虑一下，固定休息日的寿司店与浪漫完全不沾边。

虽然我们认为过生日不用特意选在这样煞风景的地方，然而那天的史蒂夫特别地开心。

第二天，史蒂夫当时的秘书打电话过来说："全部都是史蒂夫自己准备的，老板非常骄傲呢。"因为还特意打来这样一个兴致勃勃的电话，所以史蒂夫本人应该是相当满意的。

穿着破牛仔裤来取寿司

在SUSHIYA、TOSHI'S SUSHIYA和桂月时代,除了史蒂夫,还有很多其他公司的老板们来过,其中印象最深的还是史蒂夫。

这是为什么?我能想到的一点是,史蒂夫每次都是自己打电话来预订外带的寿司,然后穿着破牛仔裤来取。他到店里吃的时候,也是自己打电话预约,从某个时期开始,更多是用电子邮件预约,不过邮件也是他亲自发的。

对于繁忙的老板们来说,公司里当然都是有秘书的,甚至也有很多人自己花钱雇人去处理日常生活中的各种事务。

然而,史蒂夫是一个基本上所有的事情都亲力亲为的罕见的老板。像这样的CEO非常少见。

生日那天的晚餐还有这样的故事:因为当天我们提供的食物也并不是和平时有多大差别,也没多么豪华,我们本来也不是为了赚钱,而是为了心意才承接的,所以我们收的费用就是比实际成本高一点点而已。然而,史蒂夫极力主张:"这不管怎么说都太便宜了。"非要在付钱的时候要求以远高于我们提出的价格进行支付。

二〇〇〇年,苹果的经营还没有那么稳定,史蒂夫应该也是非常繁忙。即使这样,他也亲自策划为夫人庆祝生日,并关注每一个细节。后来我们也曾多次见过非常重视家人的史蒂夫,同时,这应该也反映了他凡事亲力亲为的性情。

可能在工作中也是这个样子吧。我也曾同情过,在史蒂夫手下的员工应该都很难吧。不过现在回过头来看,苹果之所以能取得巨大的成功,可能理由就在这里。当然苹果的突飞猛进是在那之后的事情。

第四章

"天才"真实的一面

● ● ● ●

二〇〇〇年后，硅谷地区的寿司店越来越多。

八十年代我们来到美国本土时，寿司、天妇罗、寿喜烧、照烧这四种组合是日本料理的代名词。基本上日本料理店也都是同时提供这些菜品的综合型餐厅。而到了这个时候，人们的理解变成了日本料理就等于寿司。

在寿司成为热潮的情况下，可能是为了攫取千金，由看起来完全与日本料理不沾边的亚裔人经营的寿司店也越来越多。实际上寿司没有那么简单……。好像很多人是在日本人经营的寿司店里作为厨房的工作人员工作了一段时间，一定程度上掌握了寿司的制作方法后独立开店的。

TOSHI'S SUSHIYA一如既往地忙碌。到了二〇〇一年，我开始偶尔听到"互联网经济也开始出现不好的征兆"。

回过头来看,当时说的应该是互联网泡沫破裂的事情。但是,那时我的实际感觉是,从寿司柜台内看到的光景和以往没有什么明显的变化。

对于一个生意人来说,忙碌是最好不过的事情了。不过,我开始注意到另外一个问题。那就是不管是对于经常过来的老顾客,还是第一次来的顾客,我们的服务变得千篇一律。我想要认真地面对每一位顾客的想法越来越强烈。

这个时候,我可能也有另外的心思,就是无论如何也想转变人们对于寿司店评价较低的情况。

不管是法国料理,还是加利福尼亚料理,一流的餐厅里普遍都用着漂亮整洁的桌布,有接受过良好培训的服务员或服务生向顾客进行菜品的说明。

但是寿司店和这些餐厅比起来,店里的氛围比较平民,人们在重要的时刻,穿着最贵重的衣服时,不会选择到寿司店吃饭。在和顾客的交流当中,虽然情况比较少,但偶尔还是能感觉到被低看一眼。

日本有各种各样的日本料理店,我想要在硅谷给大家展示一个能在重要的场合被大家想起的店子。

桂月的入口。地点在风险投资企业集中的沙丘路。二〇〇四年四月开业。

桂月的店里。寿司柜台右边最里边的一号座位是史蒂夫最喜欢的座位。

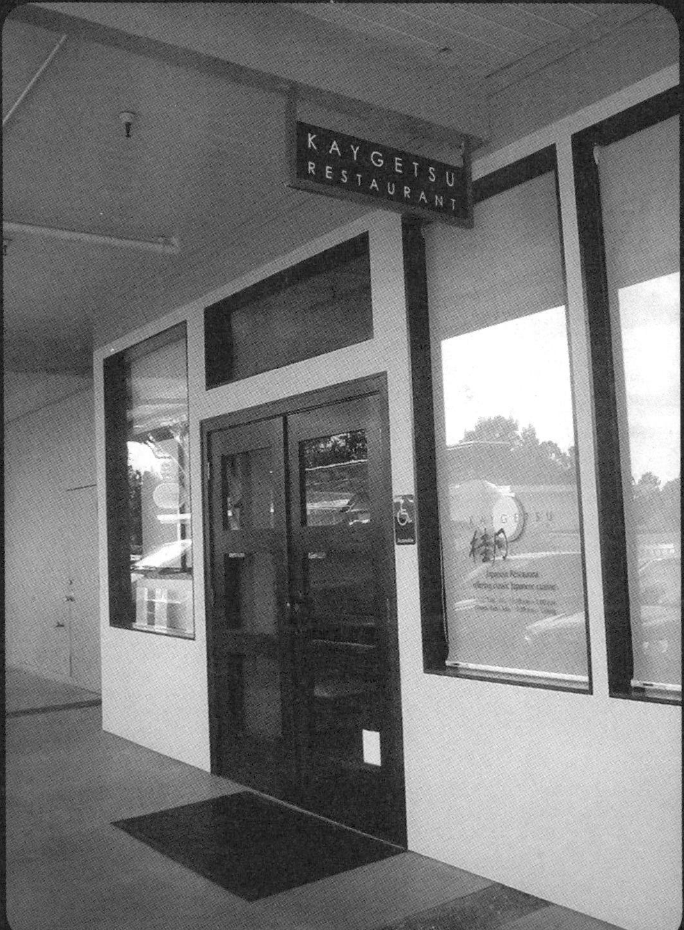
KAYGETSU
RESTAURANT

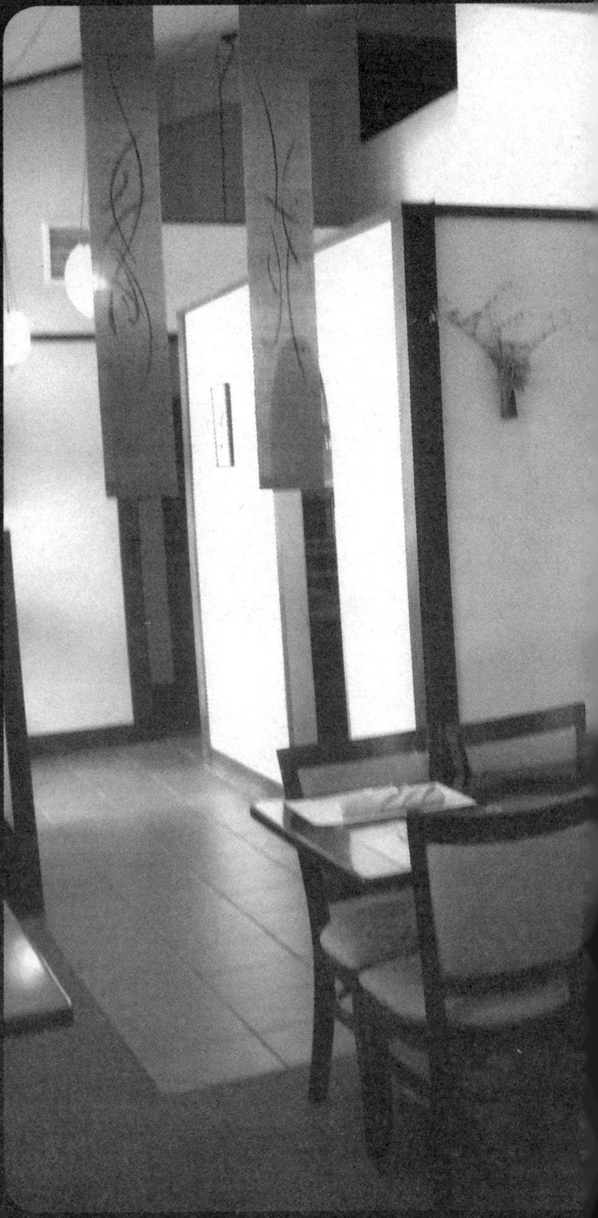

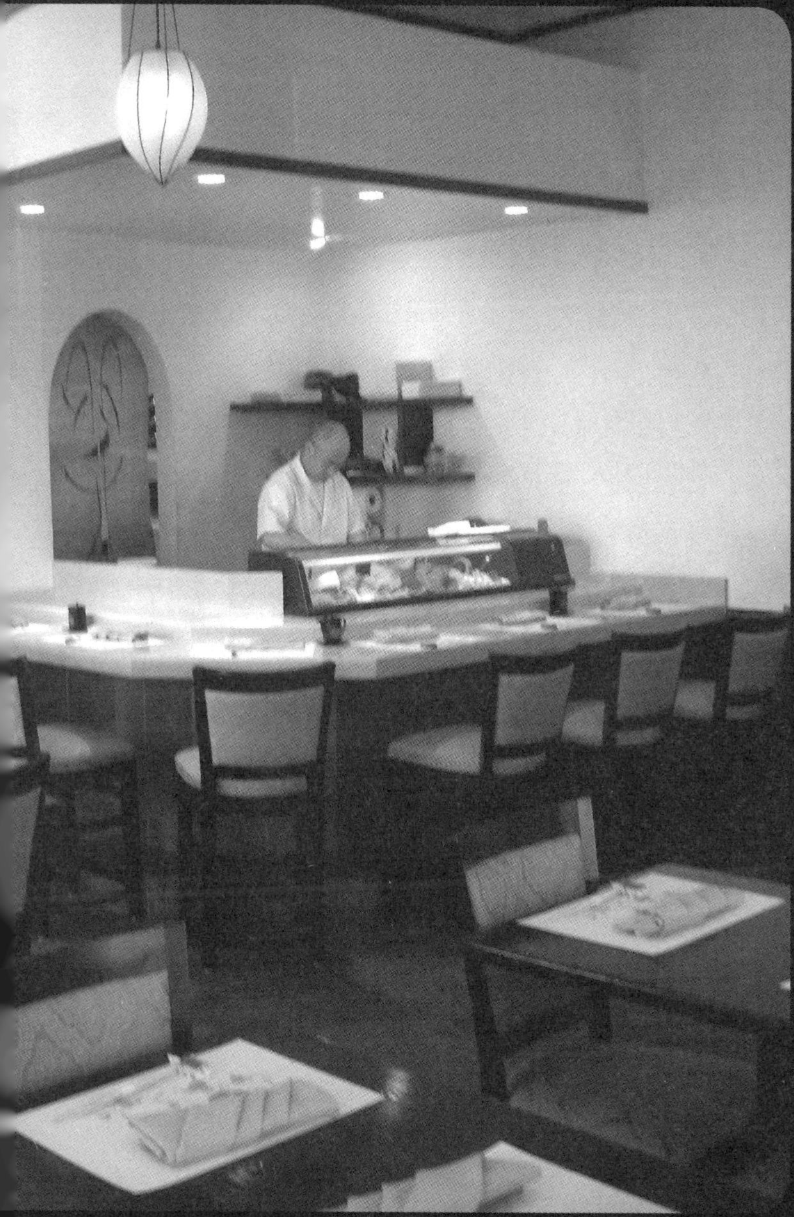

当时，TOSHI'S SUSHIYA 有两位厨师，他们在京都专门学习过会席料理。我想着如果用他们做的会席料理作为卖点，应该能够打造一个全新的日本料理店吧。

大环境的变化和我的想法，加上一些其他的偶然的重合，二〇〇四年四月，我们的第三家店"桂月"开业了。

在硅谷经营会席料理是前所未有的挑战，当初，不管是我，还是顾客们都曾有过很多的困惑。但是，过了三个月、半年之后，我们开始找到了感觉。

第一次听史蒂夫说"It's good!"

～～～

二〇〇四年十一月,在桂月,举行了第二次史蒂夫·乔布斯夫人——劳伦娜·鲍威尔的生日派对。这次和四年前在TOSHI'S SUSHIYA举行时不同,是更加真正意义上的派对。

因为场地的关系,在桂月举行包场的派对时,我们都会对顾客说"人数最多只能容得下二十五个人"。我记得派对当天也特别地拥挤,可能正好来了二十五个人吧。以朋友和熟人为主,其中还有甲骨文的CEO拉里·埃里森夫妇。劳伦娜的母亲也来了。

当时的安排是客人先到店里,最后是乔布斯夫妇到来。说不定是史蒂夫对劳伦娜说"我们两个人去吃饭吧",实际到了店子,却发现是一场有这么多熟悉面孔参加的惊喜派对吧。

但是,我得和史蒂夫说抱歉了,老实说,劳伦娜一点也没有吃惊的样子。实际上她有可能已经知道了这样的安排,或者是四年前的印象太过深刻了。史蒂夫在苹果产品的发布会上的演讲像天才一般，而他可能不擅长这种场合的表演。

二〇〇〇年，史蒂夫再次正式成为苹果的CEO，二〇〇一年发布了便携式音乐播放器iPod，引发了一股热潮。在桂月开业的二〇〇四年，他已经是世界上最受关注的企业经营者，但是实际上，除了这场生日派对，我并没有其他印象深刻的事情。

后来听说，二〇〇四年七月，史蒂夫接受了胰脏癌手术。所以，外出的机会可能减少了很多。然而十一月的生日派对时，大家都没有感觉到他的身体不适，老实说我自己完全没有觉得他是大病初愈。

另一方面，从这个时候开始，出现了一些变化。

有一次，史蒂夫看到店里的墙上挂着的一幅版画说："我家里也有一幅这样的画。"

一进桂月的门，正对着的就是厨房。在隔开厨房的墙壁上，我们装饰了一幅以上坡路为主题的小版画。左手边的墙壁上也有挂画的空间，这里挂的画每个季节都不同，因为我们想要让顾客们能够欣赏不同的内容。

在开店之前，我总是想着要表现些日本的东西，所以买来几幅版画。其中，我特别喜欢这幅上坡路的画，因为它寓意着我们的店子也在上坡的途中，今后店子的经营也会越来越好。

史蒂夫留意到这幅画应该是在秋天的时候。不知道是上坡路这幅，还是边上画了柿子那幅，好像与史蒂夫在日本旅行时见到的光景非常相似。史蒂夫驻足在版画前面，非常高兴地和我说："每次去日本的时候，我都会买一些这个版画家的作品。"

史蒂夫也非常喜欢讲他在京都旅行时的事。他会把他在京都参观过的园林、吃过的美食、住过的旅馆等等，隔着寿司柜台主动讲给我们听。

过去，史蒂夫在店里不喜欢别人主动和他说话，他甚至会提醒店员们注意："你不用总是过来问我这个问我那个，我有需要叫你时，你再过来就可以了。"

但是，后来他自己主动回忆旅行时的事情的场景越来越多。

有一次他小心翼翼地给我展示了一张"寿司岩"的名片。

还有一次，他旅行刚回来不久，好像非常满意当时住的旅馆，问我："俊雄，你住过俵屋吗？"

俵屋是代表京都的高级旅馆，可不是平民百姓能够随便住的，不过这种直爽的样子很符合史蒂夫的风格，让人觉得很开心。

可能是和史蒂夫去日本的次数越来越多有关系吧，他对于寿司的喜好慢慢地开始有了变化。

TOSHI'S SUSHIYA 时代，刚开始时史蒂夫净是点些酱菜卷、黄瓜卷、梅子紫苏卷等寿司，后来慢慢地开始吃生鱼寿司。即便如此，也仅限于金枪鱼、三文鱼、幼鰤鱼等几种材料。

"幼鰤鱼五个"、"三文鱼五个"——史蒂夫一般是这样点寿司的，直到桂月开业后不久，也是这样。

然而，有一次，史蒂夫突然问我："有康吉鳗吗？"那天，和平常一样，寿司材料盒子里有从日本冷冻运过来的康吉鳗，所以我就捏了康吉鳗寿司给他，不过他却完全没有吃。

史蒂夫的喜好特别明显是大家都知道的，在寿司店里他也一直贯彻了这种风格。

或者相同的寿司点了两个后,特意留下一个不吃;或者是海藻沙拉与平时不同,摆放稍微讲究了一点,他就完全不动筷子。史蒂夫心中有明确的判断标准,要是稍微有一点点不满意他就固执地连看都不看一眼。和大部分人的预想一样,史蒂夫是一个很难让人读懂,非常不好伺候的顾客。

现在回头来看,那个时候,说得夸张一点,我的心情好像是接到了挑战书一样。"你等着,我一定让你尝尝真正的康吉鳗。"

史蒂夫问:"下次什么时候有康吉鳗?"我告诉他,"下周二会有康吉鳗运过来。"

平常,店里提供的康吉鳗是在日本处理好,冷冻、空运过来的。当然,这和寿司材料非常有限的时候相比已经算好很多了,不过确实会有一点不好的味道,煮汤后的味道也感觉多少有些欠缺。

第二周我们从日本预订的是在活着的状态下迅速杀死、放血后的康吉鳗。这种情况下运来的康吉鳗,肉很紧实,能保持鱼活蹦乱跳时的新鲜度。运到店里后再处理,使用鱼头和骨头做调味汁。从这些部位渗出来的鲜味非常的浓,仅加上一点酒、酱油、砂糖就能做出非常美味的调味汁。

这样做出来的康吉鳗,史蒂夫也非常满意。他平时很少评价吃过的东西,从来没有像其他的美国人一样,夸张地称赞说"fantastic"、"gorgeous"等等。

这次也不例外,不过他很难得地露出了笑容。这是他第一次微笑地用"It's good!"来称赞我们。

后来他也会点康吉鳗寿司。过了不久,史蒂夫和从伦敦过来玩的女儿丽萨一起来店里,两个人一起光康吉鳗就吃了十碟。

丽萨也是对鱼比较挑剔的人,这个时候是史蒂夫非要每个点三碟。好像丽萨也非常满意,马上就又加了一次,给他们每人又上了两碟后,寿司材料盒子里的康吉鳗就用完了。

史蒂夫有的时候严格得有些不通情理,不过如果别人工作做得好的话也会认同别人的成果。我觉得从康吉鳗这一件事上,就能看出他严格的一面和温柔的一面。

以 iPhone 亮相！？

~~~~~

二〇〇七年一月九日，苹果公司发布了第一代 iPhone。

实际上，关于这次发布，我有一个小小的"失败"。

也不知道是从什么时候开始，史蒂夫在重要的发布会当天晚上都会来桂月。坐在他最喜欢的柜台最靠里边的一号座位，与夫人劳伦娜一起吃饭。

这时候他总是非常放松的样子，心情也很不错。被大家称为演讲天才的史蒂夫，据说也是会事前反复练习，从事后他放松的样子，也可以看出事前的压力不小。

但是，二〇〇七年，我们觉得桂月的经营走上了正轨，所以年末年初的休假我们比往常更长一些。一月九日是我们休假的最后一天。

在发布会的前不久，苹果公司的员工打电话问我们："一月九日营业吗？"我告诉他我们休息之后，对方就没再说什么了，我们也没有放在心上。当天晚上在电视里看到发布会史蒂夫签名的iPhone。虽然签名用的油性笔，不过用着用着还是变淡了。

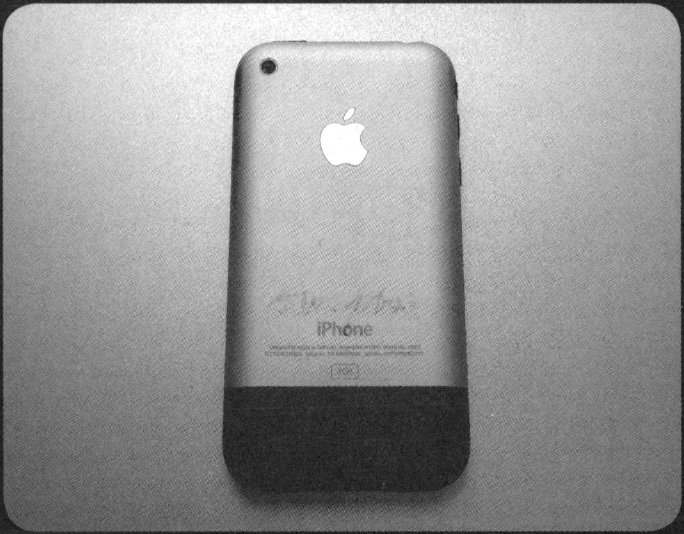
iPhone

时，我不由得说："完了。"

舞台上的史蒂夫宣称他们发明了新的电话，在这天的发布会上，非常有名的一个场景是向星巴克预订一千份咖啡的恶作剧电话。其中也有这样的一幕：

在介绍 iPhone 的短信功能时，有一幕是史蒂夫和负责市场的高级副总裁菲利普·希勒一起商量晚饭地点。那个时候两个人谈到的地点是，旧金山郊外的某家日本料理店。

"完了"是我当时看到这一幕时最真实的想法。

之前那个苹果公司员工的询问，原来是为了这个目的啊。过了不久，我听说那家日本料理店因为提供"史蒂夫特需"而生意火爆。他们店里的小票上甚至印了上"谢谢你，史蒂夫"的字样，所以应该是受到了相当的恩惠。

早知道是这样的话，我们就把假期提前一天结束了。这样想为时已晚。可能大家觉得这是非常小的一件事情，可是在严峻的竞争之中，这样的宣传还是非常重要的。

然而，过了一段时间，我的想法又变了。可能史蒂夫也不想暴露他经常去的地方吧。

我们店里不会过分地照顾史蒂夫，基本上都是把他当作是一个普通的顾客对待。史蒂夫能常来我们店里，可能也是对我们这种对待方式比较满意吧。

其他的顾客也能理解我们这样的想法。虽然说史蒂夫是名人，去拍照或是打招呼的人也很少见。我也曾见过偶尔有人好奇地和他讲话，或是递上名片。

这种时候，史蒂夫一般会先接下名片，但回去时一定会放在柜台上。当我们提醒他"有东西忘记了"的时候，他总是说："扔掉就行了。"可能这些对他来说再平常不过了。这种做法也是非常符合史蒂夫的风格。

不管怎么样，是幸运或者不幸，在iPhone的发布会上没有提到桂月，史蒂夫之后在桂月吃饭时被打扰的机会也没有增加。

关于iPhone还有后话。

那年六月，iPhone在美国开始销售时，史蒂夫和负责工业设计的高级副总裁乔纳森·埃维在午餐时间来到店里。因为没有预约，所以我觉得很奇怪，没想到他们特意向我们展示了iPhone。

他和平常不同，站在柜台五号、六号座位那里，向我和店员们开了一场现场的说明会。

我第一次见到移动电话大约是八十年代后期,在帕罗奥图的大学街上经营SUSHIYA的时候。有个日本老顾客在柜台前很得意地向我展示他的电话,那是一个便当盒大小的摩托罗拉的产品。

然而,我第一次拿到手里的iPhone非常小巧,屏幕却很大、很清楚。非常遗憾的是史蒂夫说明的细节我记得不太清楚了,不过印象很深刻的是年轻的店员们都非常地兴奋。

史蒂夫在店里做这样的事情也是第一次。我想应该是他倾注了多年心血的产品终于问世了,欣喜之至吧。iPhone的销量火爆,可能具备改变整个手机行业的力量,不过通过那一天的这件事情,iPhone成为给我们留下了深刻印象的产品。

这一年十二月,我也买了一台iPhone,想要让史蒂夫给我签个名。

年底,史蒂夫来店里吃饭,他回去时我怯怯地提出了这个请求,旁边的劳伦娜夫人开玩笑般地笑着说:"他平常可不会做这样的事情,今天是特例哦。"

而史蒂夫开始好像并没有打算签名的样子。他握着递过去的油性笔,一幅困惑的表情,非常认真地担心说:"用这个写上可是擦不掉的哦,真的没关系吗?"

我可是鼓足勇气请他为我签名的,要是擦掉那不是白签了吗。不过史蒂夫关注的地方却是我们没有想象到的。好像史蒂夫自己并不知道他签名的价值,非常奇怪。

去日本学习日式甜点

~~~~~

这也是二〇〇七年的事情。史蒂夫去日本时,在东京赤坂吃了日式点心老字号"青野"家的小甜点,非常喜欢。

他隔着柜台跟我说的时候显得特别兴奋,甚至后来还通过电子邮件把那家店的地址等信息发给了我。一旦让他觉得"不错",就会显示出惊人的执着,这也是史蒂夫的特征。

对于日式甜点,史蒂夫也有独特的主张。

桂月曾经把日式甜点作为会席料理的甜品提供,也给经常来吃寿司的史蒂夫尝过。刚开始的时候,他经常会抱怨说"皮有点硬"、"馅还差点",我们也不断地做了改进。

有一天,坐在寿司柜台前的史蒂夫说:"虽然现在做得越来越好了,不过还是比不上青野。"后来,他好像想到一个好主意一样，突然说："我来负担全部的费用，你们派一个厨师去青野学习就行了。"当时在场的高级副总裁乔纳森也说"这是个好主意"，两人一时聊得很高兴。

我回答说："事情可能没有那么简单吧。"史蒂夫很固执地说："没事，没有问题。"从我经营店面的角度来说，无论如何也要避免缺少重要劳动力的情况。虽然当时那个厨师显出一副非常想去的样子，让我很是焦急，不过后来，这个计划还是没有实现。

然而，史蒂夫对日式甜点的喜欢却一点儿也没有变。有时候有朋友从日本过来硅谷时，我都会拜托他们带青野的甜点过来，很多次或是作为礼物送给史蒂夫，或者是放在店里销售。他晚年身体状况很差的时候，甚至曾让他的妹妹、作家莫娜·辛普森专门来桂月取甜点。

虽然派厨师去学习那件事情，最终没有实现，不过史蒂夫以另外的形式展示了他的行动力。也是差不多那个时候，史蒂夫和我说，想要让他们家的私人厨师学习日本料理的制作方法。

距硅谷一个半小时车程的伯克利有一家著名的餐厅叫

Chez Panisse，史蒂夫的私人厨师就是来自这里。

Chez Panisse 作为加利福尼亚料理的鼻祖非常有名。加利福尼亚料理是在美国料理的基础上，使用生鱼或者在调味时使用味噌，有种没有国界的妙处。

即便如此，让一个加利福尼亚料理的厨师去做日本料理，我觉得是件非常荒唐的事。再往下听，我才知道这位厨师在乔布斯家总是做两种菜，一种是为史蒂夫做的日本料理，一种是为家人做的料理。

本来是素食主义的史蒂夫，好像真的只吃日本料理。桂月被二〇〇七年版的美食指南《Zagat Survey》评为湾区第六名，受到了表彰。我把纪念奖杯装饰在店里，史蒂夫曾经问我："这是什么？"

我大致地向他说明了情况，并说："三十分满分，桂月的得分是二十八分"、"在湾区，Gary Danko 和 Chez Panisse 的得分是二十九分"。于是史蒂夫问我："Gary Danko 是谁？"他好像并不知道这家位于旧金山的有名的美国餐厅。或者说他对有名的餐厅不感兴趣，我想他有可能真的只吃日本料理吧。

过了一段时间，乔布斯家的私人厨师真的来到桂月。他在桂月的厨房里，学习了怎么削鲣鱼，怎么使用鲣鱼片和海带做高汤等方法。他一共来过三四次，匆匆地学习了茶泡饭、芝麻拌菠菜等史蒂夫喜欢的菜品。

他还把削鲣鱼的机器也带回去一个，虽说如此，在乔布斯家就能做出真正的高汤吗？不管怎么样，真正送厨师来学习这件事，可能可以说明史蒂夫言出必行的一面。

只有史蒂夫和乔纳森的午餐时间

〰〰〰

二〇〇八年的金融危机,对桂月来说是一个转折点。二〇〇一年互联网泡沫破裂时,我没有感觉到什么影响,而从这一年的春天开始,顾客明显地减少了。

我真正地开始担心,如果一直是这样一个状态,店子有可能坚持不下去了。特别是午餐时段的顾客数量大幅减少。我重新计算了一下收支状况,发现还不如关门节约人工成本和水电费,能够把损失减少到最低。

所以,不得已我做出决定,暂停午餐时间的营业。

但是,没想到我们的决定引发了另外一件事。这件事就发生在我们决定暂停午餐营业后不久。

"能不能每周一次,在中午时间开店营业?"提出这个要求的是史蒂夫。就这样我们开始了包场午餐。每周三,史蒂夫会和高级副总裁乔纳森一起过来。

在没有其他顾客的安静的店里,我们有机会看到史蒂夫不为人知的真实的一面。

每次来到店里，史蒂夫一定会坐在他最喜欢的寿司柜台靠里的一号座位。然后一定会"唉"地叹上一口气。这是在其他顾客面前绝对不会有的举动。看到史蒂夫这样放松的姿态，我不由得想：人们对于他的期待越大，史蒂夫·乔布斯的压力也就越大啊。

还有一件事是发生在午餐包场期间的。有可能是因为身体的原因，有一段时间没有来店里。隔了很久之后，收到史蒂夫的预约，他进店后，我们发现他整个人好像瘦了一圈。脚步好像也不稳，我突然想扶他一把，不由得说："能拥抱一下吗？"

史蒂夫很少见地羞涩地点点头。一个美国式的拥抱后，我感觉史蒂夫真的瘦了很多，但是同时也能感觉到这个人身上的温暖。这一瞬间让我感觉我们不仅仅是餐厅老板和顾客的关系。

不知道史蒂夫是不是也有同样的想法。拥抱之后的史蒂夫单纯的微笑像个孩子一般。

包场午餐大约持续了半年。通过每周一起度过的相同时间，我们感觉到史蒂夫好像离我们更近了。

作为父亲的一面

包场午餐结束之后,史蒂夫来店里的频率也没有减少。

不知道从什么时候起,每周日来店里吃晚餐成了史蒂夫的惯例,但是来之前才打电话预定,一般很难安排他希望的座位。二〇〇八年的一天,我对他说:"今后每周日我们都为你预留柜台座位,你只要在不来的时候告诉我们一声就好了。"史蒂夫回答说:"这样很好。"

和史蒂夫一起来的最多的还是要算他的夫人劳伦娜。有时我们也看到过史蒂夫向劳伦娜撒娇的举动。隔着柜台看到的两个人,一直是非常和睦,经常互相讲笑话,一起哈哈大笑。

二〇〇九年,史蒂夫接受了肝脏移植手术。随着他身体状况的恶化,带孩子一起来店里的时候越来越多。

他们一家共有五个人,四个座位的一桌坐不下。有时候不得不由乔布斯夫妇坐柜台座位,而孩子们坐桌子座位。有的时候连这种奇怪的安排也满足不了,经常会回绝他们。到现在也会觉得对不起他们。

史蒂夫有的时候也会单独带着住在伦敦的女儿丽萨或者妹妹莫娜来店里吃饭。史蒂夫想要珍惜和家人一起的时间，给我留下了深刻的印象，其中我记得最清楚的就是他和儿子里德一起来的时候。

那应该是在里德上高中的时候。史蒂夫一直侧耳倾听里德的话，并且一脸认真地提供建议，可能是关于升学或是其他什么的话题。

在美国，一般在孩子的教育中比较重视孩子的自主性。很多人会在发挥孩子的长处上花大力气，换句话说对于教养或者言行举止并没有那么重视。而乔布斯家却不一样。父亲是那么有名的人物，孩子就是多少有些骄傲也不奇怪，然而史蒂夫的孩子们都被教得很好，见面也会规矩地打招呼。这可能和史蒂夫认真地面对孩子们有很大关系吧。

二〇一〇年，里德进入大学之前，史蒂夫看上去真的非常开心。偶尔他一个人坐在柜台前时，我递水的同时问他："你儿子最近怎么样？"他满脸欢喜地说："我儿子考上了斯坦福大学，我真的为他自豪（I am very proud of him）。"

完全是一副为儿子的升学而欣喜的父亲的表情。

也差不多是在那个时候,我有机会得知了这位超凡领袖的出人意料的烦恼。这也是他一个人坐在柜台前的时候,他问我:"最近,生意怎么样?"

"各种各样头痛的事情。比如员工……"我一开始牢骚,史蒂夫也说:"是啊,我也是。"两人一起叹起气来。

世界级的大企业苹果公司和小镇上的寿司店的规模完全不一样,而只有这个时候我感觉到我们作为年纪相仿的经营者心灵是相通的。为了避免误会,再说得清楚一点,就是这个时候的史蒂夫的表情,并不是领导全球企业苹果公司的超级领袖,而是和一个小企业的经营者一样。

通过寿司柜台,我看到过史蒂夫的各种侧面,有超级领袖、伟大的经营者、怪人、偏执狂等等。当然,能够再次确认电视中看到的、听到的史蒂夫的形象是件非常幸运的事,而我最喜欢的可能是他作为丈夫、父亲或者是作为一个经营者吐露真心话的最普通的一面。

我和妻子相差四岁,史蒂夫正好在我们中间,与我们各差二岁。作为同一代人的史蒂夫,他的真实的一面实际上非常有魅力，而且很有人情味。我至今都记着他的一些不经意的举动或是言语。

第五章

来了一个奇怪的家伙

● ● ● ●

二〇〇六年秋天,苹果公司的员工打来一个这样的电话:"十一月八日的晚餐时间,我们能包场吗?"

这一天,苹果公司计划在位于加利福尼亚州库比蒂诺市的总部召开董事会。晚上的时候,想要由董事们和公司的核心员工一起举行宴会,所以打电话问我,当晚能不能把桂月作为宴会的地点。

苹果 CEO 史蒂夫·乔布斯到了这个时候,已经会定期地来桂月了。但是,关于董事会这件事情,史蒂夫从来没有找我商量过什么。

硅谷有很多非常适合董事会后晚宴的地点。尽管如此,桂月被选中的原因,不是史蒂夫私下里做过指示,就是负责的员工读懂了史蒂夫的心思而做出的决定。

就这样，董事会后的晚宴从二〇〇六年开始，一直持续到二〇一〇年史蒂夫去世之前的一年。在这期间，史蒂夫或是手术，或是疗养，休了很长的假期，惟独十一月的董事会晚宴一次都没有缺席过。

关于史蒂夫，有个说法是"反倒是他在休假的时候，在公司能常看到他的身影"，好像真的是这样的。到了二〇一〇年十一月最后一次晚宴时，史蒂夫的身体状况非常差，仅仅喝了味噌汤就中途离场了。不管怎么说，苹果公司的董事会晚宴，连续五年都是在桂月举行的。

苹果公司的董事会从二〇〇六年开始，出席阵容都非常豪华。以史蒂夫为首，有前副总统阿诺·戈尔、大型财务软件公司Intuit的比尔·坎贝尔、著名服装品牌J.Crew的米奇·克斯勒、大型生物技术公司基因泰克的阿特·莱文森、谷歌的埃里克·施密特等等。

出席晚宴的企业人士的头衔不是会长就是CEO，一次接待这么多这样的顾客，对我来说是从来没有过的经历。当天，在桂月所在的购物中心的停车场里，停了很多政府官员或是企业高管常用的黑色高级车。

即使是前副总统，这个时候也并不是由护卫簇拥着，而是一个人大步流星地走进店里。店里的角落里放着 J.Crew 的米奇带来的小礼品——衣服，身材魁梧的前副总统进来后，像是鉴赏一般拿在手里，于是被大家揶揄说："阿诺得穿 XL 吧"。

还有一个故事能说明米奇的认真。有一次，其他董事会的成员逗他说："J.Crew 的折扣券呢"？然后大家让他寄礼物卡给大家。因为他让大家写地址给他，于是我们也趁机在身边的纸片上，草草地留下地址交给了他。

因为他随手把纸片收到了口袋里，我想我们应该是不会收到礼物卡的，结果却和我的预想不同，不久后就在我家的信箱里发现了礼物卡。大企业的领导应该是日理万机，却连这么细小的地方也考虑得这么周全，让我非常佩服。

董事会晚宴的当天，我们重新布置了店内的桌子排列，摆成了两排。本来最好的安排是能让大家都围在一个桌子周围，可是人数多的时候有将近二十个人参加，所以限于桂月的空间，只能分成两排。

五次的晚宴，不知道为什么，两桌的气氛完全不同。和史蒂夫坐一桌的成员全都一脸认真地听史蒂夫说话。内容应该是工作方面的。虽然我没亲眼见过他们的董事会是什么样子，感觉这个时候好像仍然在开董事会。

另一张桌子以阿诺·戈尔为中心，大家互相讲笑话，大笑不止。喝光的红酒瓶越来越多。中心人物就是前副总统，尤其是他的笑声最大。非常不好意思，我感觉他就是一个爱开玩笑的老头，和在电视上看到的认真的前副总统的面貌完全不同。

本来，从阿诺·戈尔一进店的瞬间，他就散发着和其他人不同的异彩。他不断地讲笑话，不管是谁都和每一个人握手，最后甚至随便地进入厨房和正在洗盘子的店员也握手。不管走到哪里都马上和人握手，可能是这位在无数次选举中胜出的政治家天生的特质吧。

有的时候，他还会先去店旁边的食品超市采购点东西再来店里。可能在超市里的人们，也没有发现他居然就是那位阿诺·戈尔吧。虽然他穿着很讲究的西装，但是手里提着软软的塑料袋子的样子，总让人感觉哪里有些奇怪，怎么看都不像原来的副总统。

能有机会看到电视里看不到的前副总统的出人意料的另一面，也是多亏了苹果的董事会晚宴。

给 Kindle 发明人的建议

~~~~~

乔治·纽康律师也是经常惠顾桂月的一位顾客。他在离桂月很近的一家律师事务所工作，专业领域与知识产权相关。

在硅谷，除了创业的人们，律师和风险投资人的影响力很大。律师从法律的角度保护创业家的想法，投资人为企业的发展提供必要的资金。住在这个地方，自然就会明白他们之间存在这样一种互相依存的关系。这也是我通过与顾客的对话学到的。

乔治是硅谷这个生态系统中的一个角色，对我们而言他是喜欢寿司的顾客之一。之所以在众多的顾客当中，乔治给我留下深刻的印象，是因为乔治多少处于一种不幸的境况。

乔治本人非常喜欢寿司，特别是金枪鱼、幼鰤鱼、三文鱼都是他的最爱。但是，他的夫人却完全不接受生鱼，只有在夫人去东海岸看孩子或孙子的时候，乔治才能来桂月。

不过，乔治的夫人去东海岸的次数也比较多，这种时候，乔治就能够随心所欲地享受寿司了。

乔治在桂月的寿司柜台前坐好后,首先会点他最喜欢的金枪鱼、幼鰤鱼、三文鱼各两碟。吃完六碟后,再点相同的六碟。多的时候他还会再点一次相同的,喝光一两瓶酒后,满足地回去。

这种点菜的方法在日本可能让人难以置信,不过在美国有不少顾客会一次点很多相同材料的寿司,比如"金枪鱼十碟"等。本来,在美国寿司的吃法也与日本大不相同。

虽然我们采购是有限制的,但每天还是尽可能在寿司材料盒里放更多种类的材料,所以其实从内心我们希望顾客多尝试一些不同的材料。

话虽如此,尽管谈不上入乡随俗,但美国人还是有美国人的寿司吃法,我们也应该尊重。即使我们平常会这样想,但还是觉得乔治点寿司的方法有些奇怪。

因为乔治总是趁夫人不在家的时候来吃寿司,所以在柜台座位前总是他一个人。可能这样太无聊了,他每次来时都带一本书,从某个时期变成了亚马逊的电子书阅读终端Kindle。

因为是Kindle开始销售那年,所以应该是在二〇〇七年。乔治坐在柜台前座位上用Kindle看书时,边上的一位顾客向他搭话。

这位顾客问他:"新的Kindle怎么样?"乔治一副你问得真好的样子说:"不怎么样。很不好用。我觉得是不是研发Kindle的人根本不知道读书是怎么回事啊!"然后就飞快地提出了很多他自己的改善方案。

非常巧的是,这个时候坐在乔治身边的是负责Kindle研发的葛雷格·塞尔。

从一九八五年我们在硅谷开SUSHIYA时,葛雷格就来过我们的店里。到一九九四年TOSHI'S SUSHIYA开业后,基本上葛雷格都带他现在的妻子,当时的女朋友一起来店里,他们总是坐在L字型的柜台靠收银台的一边,开心地享用晚餐。

葛雷格的女朋友在苹果公司工作,也曾几次在店里遇到她的上司史蒂夫。不知道是不是因为特别在意史蒂夫的视线(为什么你们会在这里的视线),过了一段时间后,他们开始选择周五来店里,因为那样碰到史蒂夫的可能性最小。

葛雷格有一次说:"最近净是去西雅图出差。"亚马逊在硅谷有一个负责研发的子公司。葛雷格在那里负责 Kindle 的研发工作，偶尔也会到总部所在的西雅图出差。

本来到二〇〇七年的那一天为止，我一直都不知道葛雷格是做什么工作的。碰巧他坐在了正在使用 Kindle 的乔治身边，听了两个人的对话，我之前的疑惑都解开了。我记得那天晚上，葛雷格找到了 Kindle 的热心使用者，两个人交谈甚欢。

我觉得自己真是碰上了非常有趣的画面。现在回想起隐藏起自己的身份，认真地倾听乔治的抱怨的葛雷格，我都觉得非常好笑。

顺便说一下，第二代 Kindle 一发售，乔治马上就买了。在夫人外出不在家，他来店里吃寿司时，非常满足地说换了新的电子书阅读终端，自己指出来的问题全都改进了。

不挑剔的 LinkedIn 创始人

~~~~~

致力于向职场人士提供沟通平台的 LinkedIn 的创始人、最近备受风险投资家们关注的里德·霍夫曼也是定期光顾桂月的一位顾客。

斯坦福大学宽敞的校园西侧有一条沙丘路，桂月就是在这条缓坡路的中间。

这条路的两边是郁郁葱葱的树林，乍一看，好像是轻井泽的别墅区似的。但是在树林里可以零星地看到一些低层的办公楼。

每栋楼的招牌都很小，很难认出来，但仔细看就能发现这些公司的名字，比如：凯鹏华盈（Kleiner Perkins Caufield & Byers, KPCB）、红杉资本（Sequoia Capital）、科斯拉创投（Khosla Ventures）、标杆资本（Benchmark Capital）等等。

要是对硅谷的IT企业感兴趣的人肯定都知道这些名字，他们都是著名的风险投资机构。谷歌、雅虎、Facebook 等

IT企业都是借助这些投资家的力量发展起来的。

桂月的店子就是在这样一个集中了很多风险投资机构的地区，特别是午餐时间段，桂月成了很多风险投资家"午餐兼会议"的地点。

风险投资家们有一个非常有趣的地方，就是即使是在同一栋楼里并排而坐，也存在竞争的一面。

别说是同行了，应该有很多话就连同事也不想让他们知道吧。经常会有顾客一进到店里，扫了一眼已经在场的其他顾客后说："我们的座位要离那一桌远一点。"也有顾客干脆说："今天还是算了。"就掉头离去的。所以我们在安排座位的时候特别小心。

里德·霍夫曼是LinkedIn的创始人，现在依然但任LinkedIn的董事长，他同时也是格雷洛克合伙公司（Greylock Partners）的合伙人之一。格雷洛克是二〇一〇年左右才搬到桂月附近的，而里德·霍夫曼在很早之前就开始定期地把桂月作为会议的地点，对我们来说是非常好的一位顾客。

虽然桂月全面推出了会席料理，但仍然有很多顾客是为了吃寿司而来。里德·霍夫曼却是一直点会席料理。

他最喜欢的座位是一进门右手边，前台对面的十一号桌。这个桌子和其他桌子稍微隔开了一点，而且空间也稍微大一点。对体格魁梧的里德来说，这个桌子是最理想的，可能还有一个理由就是密谈时很难被其他顾客听到，让他很满意吧。

说里德是一个好的顾客，还有一个理由。因为会席料理的菜品都是事先定好的，在美国很多顾客都会提出要求："我不吃这种食材"、"这种食材能不能换成其他的"等等。然而里德却一点也不挑剔，每次都吃得一干二净，然后还会对我们说非常好吃。

大约是在二〇〇八年，顾客数量急剧减少的时候，有一天，在桂月里德与另一位男士聊得起劲。桌子对面坐的是杰夫·韦纳。杰夫曾多年一直在雅虎工作，也是桂月的顾客之一，平常他都是和夫人一起坐在柜台座位吃寿司。

杰夫的夫人对食物的喜欢和讨厌比较明显，他们给我的感觉是总是夫人说了算。而杰夫本人话很少，给人非常温顺的感觉。

我想那天很有可能是里德说服杰夫出任 LinkedIn 的 CEO。因为他们是坐在里德平时坐的桌子座位，所以我从寿

TOSHI'S SUSHIYA门口贴的顾客注意。写着：「座位按照到达的先后顺序安排，如果没有预约的话，就是史蒂夫·乔布斯也得等。」

PLEASE WAIT TO BE SEATED

WHEN THERE'S A LINE, PLEASE SIGN IN YOURSELF

IMPORTANT: PLEASE READ THIS FIRST BEFORE YOU SIGN IN

We appreciate your patience while you wait for your seats. We'll try to make your wait as pleasant as possible by serving drinks/soy beans while you wait. However, since our capacity is small (36 seats), we regret that you may experience a long wait. When you sign in, we ask you to observe the following seating policy:

1. We have an equal opportunity seating policy for walk-in customers, contrary to popular practice of preferential seating at other restaurants. Therefore, whoever came in first get seated first depending upon the availability (normally 4-tops will be assigned to parties of 3 or more, 2-tops for 1 or 2, etc).

2. The customers with reservations have the priority.

3. You need to sign in for sushi bar seating also.

4. We'll let you know our estimate of waiting time. There's about 30 % chance that the wait will be longer than our estimate due to unforeseeable events such as additional orders being placed, lingering conversations, etc. There's about 30% chance that the wait will be actually shorter due to fast consumption, etc.

5. Usually parties of 1 or 2 have shorter wait and parties of 3 or more have longer wait.

6. Parties of 6 or more without reservations are usually seated at 2 separate tables due to the size of our restaurant. The maximum number of customers we can accommodate in one party is 9.

7. If you are not present when your name is called, your name will be erased. We suggest that one of your party to stay here if anyone has to go outside. We will not be able to hold your table if you're not here since we don't know if you are coming back or not.

8. We'd appreciate when you do get seated and you're done with your dinner to make space available for other customers waiting.

Frequently asked questions:

1. Q: When can I call for reservations?
   A: During our lunch hours (11:30 - 2 p.m.) or after 5 p.m. You usually need to call a day or 2 ahead of time -- for weekends, sooner the better.

2. Q: If Steve Jobs came in without reservations, does he have to wait?
   A: Yes, for the first few times he came in without reservations, he signed in on the waiting list and waited about 30minutes. Now, he calls ahead to make reservations. Ask him.

3. Q: Can we order appetizers while we're waiting?
   A: Only appetizer we can serve while you wait is eda mame (soy beans).

司柜台听不到他们交谈的内容。不过，当天为他们那桌服务的女服务员好像听到了他们的对话一样，跟我说："那个人有可能成为下一任CEO哦。"

我们当时还是半信半疑的，不过真的被这位女服务员猜中了。杰夫那年年底加入LinkedIn公司，后来被提升为CEO。

二〇一一年五月，LinkedIn成功上市，后来股价直线上升。和Facebook大约同一个时期上市的互联网相关的企业，股价整体都不高，好像LinkedIn被称为是除Facebook以外"惟一的赢家"。

二〇〇五年左右，里德开始光顾桂月时，我们问他："能不能把店里的最新消息发电子邮件给他？"他当时回答："当然了。"不过，结果他一次都没有使用。

LinkedIn刚刚成立的时候，"这家公司到底怎么营利"成了专家们之间的话题，我们也非常在意这个公司以后会怎么样。完全没有想到后来他们成为招聘及就业时不可或缺的服务平台，看到他们的飞跃发展后，我只能感叹我们没有那份先见之明。

最近，杰夫经常出现在电视上，自信地就商业问题发表意见。然而留在我的印象里的却是，在寿司柜台前对妻子言听计从，缺乏自信的形象。"当时可完全不像是一位CEO啊！"每次在电视上看到杰夫时，我都会冒出这种奇怪的想法。

值得尊敬的风险投资家

~~~

每年，美国商业杂志《福布斯》都会公布世界创投人一百强排行榜。通过朋友知道这件事后，我也翻了一下刊登有二〇一三年版排行榜的杂志，得知格雷洛克的里德排名第五。排行榜第四名是红杉资本的道格拉斯·莱昂内，他是从SUSHIYA、TOSHI'S SUSHIYA到桂月一直经常光顾的一位顾客。

我在帕罗奥图市的大学大街上经营SUSHIYA时，第一次见到道格拉斯，那是在八十年代后期。

道格拉斯的父母亲都是意大利人，在道格拉斯小的时候，一家人搬到了纽约。父母亲含辛茹苦地把道格拉斯养大。他在成为风险投资家之前，在太阳微系统公司和惠普公司做过销售，从他的谈吐间，经常可以感觉到他是从底层一步一步摔打出来的。

一九九〇年后，红杉资本在对雅虎、谷歌、视频分享网站YouTube等的投资中取得了巨大的成功。

在SUSHIYA时，道格拉斯点寿司的方法也很普通，最多也就是会和另外一位英语比较流利的厨师讲讲笑话。他原来是一位非常普通的顾客，然而随着红杉资本的成功，经济条件变好之后，渐渐地就能感觉到他的大牌气息。

道格拉斯的笑声从过去的"啊哈哈"变成了"哇哈哈"，总感觉他好像腰板挺得很直。虽然他是一个非常有钱的人，却总是在看了账单后夸张地大叫："好贵啊！"或者经常絮絮叨叨地说："我是消费最多的顾客吧。"总之就是非常吵。

还有一次在圣诞节之前，道格拉斯和同为风险投资家的一位朋友一起来店里时，他不厌其烦地追问："今年送我什么礼物？"问得那位朋友都不耐烦了。可能大家会觉得这样问的家伙太讨厌了，可是这样一个坦率、表里如一的人，却是一个让人恨不起来，招人爱戴的人物。

还有一件发生在TOSHI'S SUSHIYA的事，应该是在九十年代后期。道格拉斯像平常一样，坐在柜台前滔滔不绝的时候，突然问我："史蒂夫最近还来吗？"我回答他说："嗯，来的。"

当时，店门口贴了一张顾客注意，并且开玩笑地加一了句，"座位按照到达的先后顺序安排，如果没有预约的话，就是史蒂夫·乔布斯也得等"。有可能道格拉斯是看到了这张纸。

知道史蒂夫还常来的道格拉斯，开始抱怨起来："我本来是想投资苹果的，可是被史蒂夫拒绝了。就是因为这样，苹果的业绩才不怎么样。"

不知道是为什么，就在道格拉斯正在报怨的时候，正巧史蒂夫来到了旁边。可能是看到史蒂夫之后，觉得很不好意思，道格拉斯突然沉默起来。我一边强忍着笑，一边递水给史蒂夫说："这是你的朋友吧。"然后就接不下去了。

过了十多年，道格拉斯和史蒂夫又相遇了，这次是在桂月的柜台前。这个时候，道格拉斯已经是行业内的老资格了，史蒂夫好像也知道他一样，微笑地和他聊起来，聊得非常起劲。过了十年，好像道格拉斯待人处事也有提高吧。

可能是跟经济条件也有关系吧，道格拉斯从 SUSHIYA 到 TOSHI'S SUSHIYA，再到二〇〇四年桂月开业之后，来店里的次数越来越多。多的时候隔天，甚至每天都来。

因为来日本料理店的次数这么多,所以当然他是非常喜欢寿司和刺身的,并且他吃的量也非常多。"金枪鱼十碟"、"刺身三人份"等等,不断有类似这种让人吃惊的点菜方式。

道格拉斯也很喜欢日本酒,刚开始的时候非常喜欢"久保田万寿"。随着越喝越多,他对日本酒也越来越了解,开始不断地尝试不同的品牌,要说有问题,应该是他的喝法。不光是他自己不断地续杯,还劝我们也喝。虽然他总是在结账的时候报怨贵,但按他这种吃法、喝法,贵也没有办法。

据说有一次,道格拉斯去香港出差,在香港吃了寿司,结账的时候发现金额特别地高。从那之后一段时间,他看了桂月的账单不再反复地说:"太贵了、太贵了。"而是开始嘀咕:"香港吃的那家寿司可真贵啊。"很少能有机会看到这么温顺的道格拉斯,我觉得非常奇怪。

道格拉斯吃得很多,吃得速度也不一般。他点了刺身之后,我们会把刺身拼盘做得非常精致、漂亮,但是一分钟之后盘子就空了。不仅如此,最后他甚至提出,"不用装饰了,赶快做好就行了。"

这个说法比较奇怪，可能风险投资家里的多数人吃饭都比较快。

标杆资本的合伙人之一，出身于法国的亚历克斯·鲍克斯基（Alex Balkanski）和道格拉斯也是一个类型。他来吃午餐的时候，也经常点刺身之类的，也是盘子一端上来就一扫而光。看上去他的举止非常优雅，动作也比较缓慢，但是盘子里的菜却是瞬间就消失得无影无踪了。

亚历克斯吃会席料理的时候也是一样。会席料理上菜时，服务员或者服务生会一道菜一道菜地进行说明。亚历克斯的夫人会认真地听到最后，而亚历克斯总是一副急不可待的样子，边听说明边动筷子，说明结束的时候盘子也空了。

和他们熟悉了以后，我建议道格拉斯说："照你这样的吃法，会把身体吃坏的。"建议亚历克斯说："你试着慢慢地享用啊。"然而两人完全不听我的。虽然他们也会回应说"没关系"、"嗯，知道了"之类的，但是点菜的量还是多得惊人，盘子端上来就一扫而光的情况仍然如旧。

风险投资家们独特的方方面面给我留下了深刻的印象。现在回过头来看，他们每天都要面对的是个性十足的创业人士，投资给前景不明的企业，并且耐心地等待他们的发展。

要是一般的人，可能坚持不下去，或者可能成不了一流的风险投资家。这个行业充满个性的地方很多，从某种意义上讲这也是理所当然的。

当然给我留下深刻印象的不仅仅是风险投资家。与顾客们的相遇数不胜数，在寿司柜台前一米的范围内，我见识了各行各业的人们，听说了各种各样的事情。还有，从各个领域的专家那里，学到了很多东西。我的很多知识都是拜这些顾客所赐。

如果我没有在硅谷开寿司店，没有经营日本料理，应该也不会有这些经历。从生意的角度可能有高潮，也有低谷，但是从与顾客共享开心，甚至有时是兴奋的时光来讲，毫无疑问我是成功的，这一点我非常自信。

第六章

桂月是经济景气的风向标

● ● ● ●

我家的书架上有两本书名是《*Winner Takes All*》（赢者通吃）的书。一本是我们自己买的，另一本是我们买了不久之后，作者迪克·埃尔克斯送给我们的。

打开那本书的封面，第一页上写着这样一句话："这本书没有桂月的寿司那么好，如能得您欣赏，荣幸之至。"字迹有些特点，是迪克亲笔写的。二〇〇四年桂月开业后不久，迪克就常来店里，多的时候每个月会来两次，是我们的老顾客之一。

迪克总是和夫人非常和睦地坐在寿司柜台前的座位吃寿司，不过迪克有个特点就是在吃饭之前一定要说点什么。

迪克总是在要来之前才打电话预约，所以经常会对他说："非常遗憾，现在已经满员了……"

可能是被拒绝的情况持续了一段时间，有一次在很忙碌的时间段为他们安排到了座位后，迪克故意说："今天是因为有海伦吧。"还有一次，他一本正经地问我："今天我们一共一千个人，有座位吗？"然后关注我们的表情。

《Winner Takes All》是迪克根据自己的经验，写的关于电器行业荣枯盛衰的故事。我想他常来桂月的时候已经是处于半退休的状态，只是担任一些公司的外部董事而已。他正当年的时候，是在AMPEX公司担任领导研发团队的重要职位。

沿着连接旧金山国际机场和硅谷的高速一〇一号线向南，过了旧金山国际机场后不久，就能看到右手边的绿地上AMPEX黑底白字的鲜明招牌。

据说迪克从六十年代到七十年代在这家公司，负责盒式磁带录像机（VCR）的研发工作，并成功地将商品在世界上率先推出。现在的AMPEX大幅度地缩减规模，已经没有当时的风光，而迪克还在那里工作的时候，AMPEX是著名的电器厂家。

再次翻开《Winner Takes All》，里面到处可以看到日本的电子产品厂商的名字。这也反映了松下电器、东芝、JVC 等企业，支撑起了世界闻名的"日本制造"。好像其中给迪克留下印象最深的是索尼公司。

"我曾经和盛田一起工作过"、"我非常尊敬盛田"……不知道从什么时候开始，迪克开始在桂月的柜台前，经常回忆起他与索尼的创始人盛田昭夫的往事。

可能是寿司勾起了他去日本出差时的记忆吧。兴致来时肯定会开始说"盛田"，不厌其烦地重复同样的事情。可能是索尼，以及索尼的创始人真的给他留下了非常深刻的印象吧。

本来，在盒式磁带录像机的领域，美国厂商被后起的日本厂商驱逐。迪克离开后 AMPEX 后，在激烈的竞争中，AMPEX 面临大幅缩减规模、不断裁员的困境。日本企业以及长期处于领军地位的索尼应该是迪克痛恨的竞争对手才对。尽管如此，迪克的谈吐中流露出的是对索尼，对索尼创始人的畏惧以及尊敬。

这种时候，迪克总是把他爱讽刺人的一面藏起来，像个少年一般，眼里放着光，兴奋地讲着自己的"英雄"，没完没了。

在迪克的眼里，仍能看到八十年代那个强大的日本。

日本的经济泡沫——不速之客

一九八五年SUSHIYA在帕罗奥图开业,一九九四年TOSHI'S SUSHIYA在门洛帕克开业,以及后来的桂月所在的沙丘路,不管在哪个地方,来自日本的游客或是派驻人员都非常少,基本上生意的对象都是当地的美国人。

差不多和SUSHIYA开业的同时,日元突然急剧升值,美元急剧贬值。日本开始走上泡沫经济的道路。

如果生意的对象以日本人为主的话,有可能因为顾客们的钱包鼓起来,从而带动消费,然而,非常不巧的是帕罗奥图的日本人很少,日本的经济泡沫与我们毫不相关。

泡沫经济在美国也是媒体关注的话题,我曾有机会在报道中听说过位于东京银座、人均消费高达两三万日元的寿司店。然而,这些经济景气不错的事情,对我们来说好像是发生在另一个星球上的事,完全没有切身感受。

反倒是因为日元升值、美元贬值,使得我们从日本采购鱼的价格不断地上涨。成本上涨给经营带来很大的压力，老实说日本的泡沫经济对硅谷的寿司店来说，是一位不速之客。

到八十年代快要结束的时候，泡沫经济也接近了顶峰，日本企业凭借强劲的日元在美国到处收购企业或购置房地产，当时经常可以听到这样的事情。

原来在 AMPEX 工作的迪克最敬爱的索尼公司，收购了哥伦比亚电影公司，三菱不动产公司买下了纽约的洛克菲勒中心，每一件都是以日本金钱买下"美国的灵魂"，引发了轩然大波。

硅谷附近，风光明媚的著名高尔夫球场、圆石滩度假胜地都变成了日本企业的囊中之物。首都华盛顿反对日本的呼声越来越高，甚至有些人表示"这是第二次珍珠港偷袭"，日本企业的收购行为在当时引发了非常大的争议。

从太平洋对岸的日本，传来的仍然净是经济运行良好、势头非常足等话题。但是，和泡沫经济不沾边的我们，到什么时候也只能冷眼旁观。甚至说我们非常担心，这样的情况一直持续下去没有问题吗，总会有一天受反弹之苦吧。

虽然我们基本上没有机会享受日本泡沫经济带来的好

处，不过现在回过头去想，有可能有一件事，是拜泡沫经济所赐吧。

那是在TOSHI'S SUSHIYA开业后不久，所以应该是九十年代前期或者中叶。隔着大路对面开了一家斯坦福公园酒店，我们承接了在那里举行的一个派对上提供寿司的工作。

现在斯坦福大学校园内有瑰丽酒店，高速一〇一号线边上有四季酒店等等，硅谷内的高级酒店越来越多。然而在差不多二十年前，这个斯坦福公园酒店是最高级的。

把高级酒店的宴会厅整个包下来举行派对的，是美国一家大型的咨询公司，这家公司也进入日本市场。当时在一个非常大的房间内向来自日本的留学生进行企业宣讲，拼命地宣传"在我们公司的工作是多么有魅力"。

我们等候在临时搭的寿司柜台前，一边看着会场前边放映的幻灯片，一边对一些内容点头称赞，一边等待我们出场的机会。宣讲结束后，是享受寿司的环节，当时企业的一贯的作法是，招待非常怀念日本料理的留学生们吃寿司。

像这样在寿司店以外的地方工作的机会有很多次。但是过了九十年代中期，日本不景气的迹象越来越明显，这样的工作机会突然就没有了。

我能想到的原因是，日本企业派遣留学生的数量一下子减少了很多。留学生的数量可能和一个国家的经济状况以及国力等因素密切相关吧。

"韩国的留学生变多了"、"最近有很多来自亚洲的留学生"等等，从来店里吃寿司的留学生，我们也能看出时代的变化。从九十年代后期一直到桂月关门的二〇一一年，非常遗憾，从来没有机会切身感受到来自日本的留学生的增加。

Windows 开发者的预言

~~~

在硅谷经营寿司店还有一个非常有趣的事情是,能够遇到非常多的老师。

附近就有名校斯坦福大学,那里汇集了世界上活跃在第一线的研究人员。这个地区鳞次栉比的 IT 企业里也有非常多优秀的工程师,在各个专业领域拥有丰富的专业知识的他们,也具备学者们的风范。

一九九〇年前后,当我们在帕罗奥图的大学大街上经营 SUSHIYA 时,有一位从青山学院到斯坦福大学研修的教授叫池田拓朗。他的专业方向是语言学,他不时地会来我们店里。

可能他对英语不是特别好,却在日本人比较少的地方从事接待顾客工作的厨师比较感兴趣,隔着柜台聊天的时候,时常会提到英语的学习方法。

后来池田出了一本书叫《英语会话必备手册》,其中还把"佐久间俊雄"当作编写助手记载在书中。为什么隔着柜台的漫长交谈会变成这样，我也不是非常清楚，不过手头一直保留着他送我的一本。这是很让我汗颜的一段回忆。

那个时候，我们的对话为书里提供了材料，最终对书的出版提供了帮助，但这只是一个例外。我们从来店里的各位老师那里，学到的东西更多。基本粒子物理学、应用生物学等等各领域的专家们，不问自答地教了我们很多东西。寿司店同时也是我们的学校。

定期来 SUSHIYA 的莫里斯·比萨里也是我们的一位老师。这位出身于意大利，满脸大胡子的莫里斯，八十年代的时候，在微软从事 Windows 的研发工作。

那是在微软开始销售 Windows 95，电脑成为世界的热潮的五年多之前，莫里斯经常仿佛预言般地说："今后将不再是硬件的时代，而是软件的时代。"后来再回过头去看，莫里斯指出的这点非常重要，不过非常不巧的是，当时我还在想"软件重要是指什么"，没能充分理解他说的内容。

我之所以对莫里斯的记忆如此深刻，并不是因为我们学习热情高涨，对电脑的前景异常关注。坦白地说是因为那个时候，我们对股票投资非常感兴趣。

毫无疑问，硅谷是以IT技术为首的科学技术集中的地方，但这里并不是只有技术。不断诞生新的产业以及新企业的背后是资本的力量。基本上都是风险投资机构向企业投入资金，企业不断发展，最后通过企业上市，发行股票来回收资本。

技术与资金相辅相成，与股票市场的联系也非常紧密。从个人层面来讲，美国的个人投资也远远超过日本。

莫里斯曾经告诉我们软件公司奥多比系统（Adobe Systems）应该是个有前景的投资对象，在他的建议下，我们买了一些奥多比系统公司的股票。可能是这次投资取得了很大的成功，让我开始尝到股票投资的甜头。

那是发生在一九九四年TOSHI'S SUSHIYA开业后不久的事情。有一位住在帕罗奥图市、每周会来店里吃一次晚餐的客人叫威廉·波特。我想他当时应该是六十刚出头，头发里夹杂着些白发，看上去比实际年龄老一些。

威廉总是和夫人一起来店里吃寿司。他们是一对非常安静的夫妇，甚至开始我还以为他们是不是已经退休，过着悠然自得的生活呢。后来不久后才知道，威廉是在线证券公司的总经理。

这家公司的另一位干部温·黑尔特也是TOSHI'S SUSHIYA的一位常客。他和他的上司威廉不同，总是来吃午餐。他经常和同事一起来店里，然后大声地说："随便点。"他是喜欢命令别人的类型。与安静的威廉形成鲜明的对比，看上去好像是非常能干的样子。

基本上很少有机会听威廉说工作的事情，倒是温时常说起公司的事。我和他说我在网络上炒股，他刚开始半信半疑的，但不知道后来怎么地，他说要把公司的股票转让给我。

八十年代到九十年代，未上市股票的交易可能没有现在这么困难。特别是如果用上朋友、家人这层关系，可以说事实上没有限制。好像风险投资企业也需要大量的资金，到处都有发行新股票的事情。

本来，刚开始温说要转让公司股票给我时，我还想哪里有那么简单，只是随便说说的吧，没有当真。但是过了一段时间，在线证券公司的法律顾问寄了股票认购申请书到我家。于是我马上签名后寄回去并支付了费用，又过了一段时间，真的买到了他们的股票。当时，购买未上市公司的股票比想象的还要容易。

海鲜市场里关于投资的讨论

到了九十年代,日本经济低迷的情况一年比一年严重,而另一方面,美国的互联网经济却遍地开花。可能这个时候是处于"下坡路上的日本"和"上坡路上的美国"的轨迹相交叉的一段时期。

开发了Netscape浏览器的网景通信公司的股票上市是在一九九五年。网景的股票价格暴涨,从那个时候开始的五年左右的时间,是前所未有的互联网相关企业上市的高潮时期。

从寿司柜台边也能够很明确地感受到上市热潮的影响。这段时间顾客的数量直线攀升,忙碌得晕头转向。高级日本酒"久保田万寿"创下惊人的销量。

而且卖出去的不是价格比较亲民的七百二十毫升装,净是一瓶要花费近二百美元的一升装。一些看上去有钱有势的韩国客人,喝起来一杯接着一杯。我一边看着这样的光景,一边拼尽全力地制作顾客点的食物。

当时，每天早上都会去位于硅谷西北部的圣马特奥的水产公司采购鱼类。采购完当天所需要的份量后，在等待水产公司打包并制作交货单时，在狭小的等候室里，一边喝着淡淡的咖啡，一边拉家常是每天的必修课。

就连海鲜市场这样的地方，人们也开始热心地讨论股票以及投资的话题。

"听说某某公司马上就要上市了"、"某某公司好像不错"、"谁谁好像在不动产上赚了一大笔"……净是一些这样的话题，路过的人听到这些对话，可能谁也不会想到说话的这些人是一些厨师吧。

有一次，我还听过在圣塔克拉拉的一家日本料理店里，有一位顾客在付钱的时候，用股票代替现金支付的传言。据说后来上市后大赚了一笔。因为我也没有去确认过事情的真假，也不知道是不是真的，但是处在互联网泡沫正盛的时候，这也确实很有可能吧。

从九十年代后半段开始，上下班以及采购时走的高速公路开始明显地拥堵起来。连接旧金山和硅谷的一〇一号线早晚高峰时的拥堵变得非常严重，手握着方向盘让人焦躁不已的情况越来越多。之后，从高速道路的拥堵情况也能够看出经济景气与否。

我所持的在线证券公司的股票也在一九九六年上市了。本来我想在互联网上买卖股票会有那么顺利吗，也没有抱太大的期待，股票也是顺其自然地就买了。

但是，出乎我的意料，股票价格涨得让人吃惊。记得当时我买的时候价格是每股十美元，最终涨到了每股一百美元以上。那支股票真是给我留下了美好的回忆。

正如曾在微软工作过的莫里斯差不多十年前预言的一样，可能是软件时代到来的原因吧，互联网很大程度地改变了世界，我们也在狂热的股票市场分到了一杯羹。

不过新手的运气也不会长期都有。在线证券公司的股票投资成功是非常少数的例外，除此之外，应该说股票市场上哀鸿遍野更加正确。

还有一件发生在TOSHI'S SUSHIYA时的事，我们的顾客里有一位日语很好的美国人创业家。他经营着一家制作软件的公司，因为和他的关系不错，所以向他的公司投了一大笔钱。

但是,后来这家公司和欧洲大型通信器械厂家的联合研发受挫,公司经营走上下坡路,别说上市了,不知道什么时候连任何消息都没有了。

他们的股票现在还在我的手里。购买了在线证券公司的股票取得了很大的成功,但对这家公司的投资是明显的失败。那些现在可能连一点价值都没有的股票,是我曾经支付的高昂学费的证明。

错过的大鱼

九十年代后期的某一天,中午的午餐营业告一段落后,缓缓地走进来五六个穿着 T 恤或卫衣的人。他们的服装并不显眼,感觉也不是特别有雄心,非常抱歉我把他们想成是非常普通的一些人了。

因为过了午餐高峰的时段,所以我问他们在哪里工作,坐在柜台座位的一个人回答说:"谷歌。"

这个时候,我对股票投资还是非常有兴趣的。可能对顾客非常失礼,如果感觉某个人像是做风险投资的话,我就会根据他的打扮、谈吐以及整个人的感觉来判断把某家公司作为投资对象如何。

当时他们和我说过谷歌是一家做互联网搜索的公司,但是仅仅如此我也不是非常明白。后来我在互联网上调查了一下,发现在几年前雅虎已经上市了,而且业绩也很不错,谷歌应该流行不起来吧,这是我当时的判断。

之后谷歌取得突飞猛进地发展,大家都有目共睹。前几天还听说谷歌的股价已经突破一千美元了。

我想那一天坐在寿司柜台前的顾客当中,有谷歌的创始人拉里·佩奇和谢尔盖·布林。我没有能抓住千载一遇的机会,非常遗憾。但是对于错过的大鱼如何感叹也无济于事。

著名的投资家沃伦·巴菲特曾说过,股票投资的秘诀就是"便宜买入,高价卖出"。虽然这是非常简单的事情,然而实践起来却非常困难。能否做到可能就是专业人士与外行的区别吧。

在日本的泡沫经济时,我还能一边担心一边关注,而自己一旦置身于漩涡之中,冷静的大脑就不知道哪里去了。

在股票上有过小赚一笔的开心,但最终应该是支出大于收入。除了谷歌,我错过的大鱼还有很多。

现在互联网的世界变得更加复杂,远非我们的能力所及。现在硅谷也会定期地兴起股票的热潮,而我仅仅是保持距离,在外边安静地观望而已。

经济景气的风向标

~~~~

就这样疯狂的九十年代落下了帷幕。翻阅资料可以发现，纳斯达克市场平均股价在二〇〇〇年三月十日创下史上最高的纪录，互联网泡沫开始出现不好的兆头。决定经济走向不景气的是二〇〇一年九月十一日。

那一天，上班之前我在家里看着电视，某个时间电视突然开始切入新闻报道，民航客机撞击世贸中心大楼的画面映入我的眼帘。当时我非常吃惊，完全不能马上理解发生了什么事情。

那一天，我们也像平常一样开始了晚餐的供应。本来还非常担心会不会有很多预约都会取消，是不是干脆临时停业最好，但结果与我们的预想完全不同。虽然东海岸那边发生了这么大的事情，但我们的店里却一切如故。然而这种沉寂与东海岸的严重惨案形成非常鲜明的对比，倒是让我们觉得有些害怕。

美国经济以此为分水岭一下子就开始低迷，但是非常意外，从桂月的经营来说，并没有遇到大的打击。

因为午餐营业的主要对象是边吃饭边商谈的商务人士，当然也有原来经常来的顾客的光顾频度降低等影响。但是他们的钱包也并非是完全就收得紧紧的，给我的感觉是，他们还是有钱的，只不过是在观望什么时候使用而已。

之后，大大小小也有过几次经济景气与不景气的变化，直到二〇一一年桂月关门。在此之前，寿司柜台的对面，像图画般反映了各个时期的经济状况。

史蒂夫·乔布斯喜欢坐在他最喜欢的寿司柜台一号座，环视店里。有一次，我问他为什么这样做，他回答说："从这里看到的店里的顾客的样子，能够知道现在经济情况如何。"

美国的财经报纸《华尔街日报》曾刊登过一篇报道，内容是说，"桂月是硅谷经济景气的风向标"，而史蒂夫好像早在这篇报道之前就已经看透了这一点。我们自己也见证了日本与美国的地位转变。

第七章

挑战会席料理

● ● ● ●

我们在硅谷经营餐厅的二十六年左右的时间里,日本料理的地位发生了巨大的变化。日本料理取得了过去无法想象的巨大进步。

"我们在附近开了一家水产公司,请多多关照。"这是我在加利福尼亚州圣马特奥市的日本料理店MUTSU工作时发生的事,应该是在一九八四年。一位中年男性来到店里拜访,推销他们在市里开了一家新的水产公司"国际海洋产品(International Marine Products)"。

如果要说在海外经营日本料理店最辛苦的是什么,首先就得说是采购了。材料的好坏很大程度上影响日本料理做出来的质量。特别是以生鱼为主的寿司,对材料的要求就更加严格了。在美国本土经营日本料理店的这四分之一世纪以来,采购的事情着实让我们花费了很大的力气。

因为国际海洋产品的开业，采购的情况得到了很大的改善，这也从一定程度促进了我开SUSHIYA的决心，这里我想先回顾一下在此之前的采购情况。

七十年代末，我在夏威夷工作时是在"故乡"，那是位于檀香山市中心的高级酒店，凯悦酒店里边一家还不错的店。

但是，从材料采购的观点来看，非常对不起当时的各位顾客，这里和日本完全没得比。

夏威夷四周环海，然而当时，能提供满足寿司店要求的鱼类的水产公司只有两家。

夏威夷的近海能打捞到大眼金枪鱼以及黄鳍金枪鱼，白肉鱼里边的很像红金眼鲷的长尾滨鲷、与方头鱼味道相近的奥帕卡帕卡鱼、与大眼鲷味道相近的白星笛鲷，都曾用作为寿司材料。很像竹夹鱼的鲣鱼也不错。

可能很多人会认为热带的鱼类肉质软，实际上这些热带的鱼类非常新鲜，并且能够享受脆生生的口感，所以我们能切成薄片提供给顾客。

但是，和日本的拟鯵鱼很像的一种鱼，因为不够肥，所以味道也差一点。不过至少这些都是活鱼，新鲜度基本没有什么问题。

让我们最头痛的是来自日本的冷冻产品。乌贼、章鱼、青花鱼、康吉鳗等寿司中常用的一些材料都是从日本进口过来的产品，都是冻得硬邦邦的家伙。

可能那个时候的冷冻技术也没有现在这么发达吧。我们解冻的时候再小心，也会弄得鱼肉里水份很多，因为冷冻也使得味道和口感完全被破坏了，还有一些不好的味道让我们很为难。

把这些鱼当作寿司的材料时，必须用醋腌，或者用海带包起来在冰箱放一晚等等，多花上一道工序。

当时"故乡"的顾客百分之九十是日本人。还因为是旅行团的游客比较多的时代，所以排队的顾客当中，有很多人手里拿着日航国际旅行社的餐券。

美国的顾客非常少，偶尔能遇上，他们也不过只是吃几碟寿司，喝一二壶日本酒而已。当时，日本酒里最受欢迎的是烫好了的酒。日本料理店的啤酒不是札幌就是麒麟。现在回过头来看，那个时候可以叫做海外日本料理的黎明时代。

一九八二年我来到西海岸的旧金山后，这里的日本料理又是另外一番景象。

位于旧金山市中心的金融区，顾名思义是集中了很多金融机构的地方。金融人士工作的时间与东海岸的股票市场一致，所以过了中午，一天的工作就结束了。我在旧金山最开始工作的店子叫"KANSAI"，那里从中午时候开始，经常有很多工作结束后一边喝酒一边享受午餐的当地金融人士。

顾客当中这样的美国人占了一半，另一半是日本的派驻人员。也可能是因为位于那个地方吧，有很多在日本的金融分支机构工作的日本员工经常来店里。当时，名字里包含都市银行的金融机构的数量就远远超过现在，在分店里工作的员工们经常光顾我们的店。

KANSAI是当时典型的在海外的综合型日本料理店，经营寿司、天妇罗、照烧、寿喜烧等各种各样的日本料理。

其中顾客点的最多的是天妇罗和照烧，寿司就仿佛是前菜一般。从现在寿司的热潮来看，完全无法想象当时寿司的地位这么低，其原因也在于材料的采购。

主要的寿司材料都是冷冻产品，这一点和夏威夷一样，但是情况可能更差一些。在夏威夷时不用花多大力气就能弄到手的白肉鱼，在旧金山基本没有。惟一可以算作例外的是中华街的市场，如果去的勤快，运气好的时候可能会找到一些比较新鲜的白肉鱼，全都要看运气。

情况好的时候和情况差的时候的差别特别大，所以距离稳定的材料采购还相差甚远。在夏威夷的时候，采购方面也特别花费力气，而到了本土，我们只能无数次地感叹还是夏威夷更好一些。

结果，在店里使用起来最方便的就是金枪鱼和三文鱼。特别是本来美国就有吃三文鱼的习惯，价格也非常合适。在日本没有把三文鱼作为寿司材料的意识，但是在三文鱼正当季的时候，肥瘦正合适，味道也没得挑剔。现在，在美国的寿司材料当中，三文鱼受欢迎的程度排在第一或第二，好像和这种情况有着很大的关系吧。

会飞的金枪鱼

~~~~

因为采购上受到局限,所以在八十年代中期以前,寿司最多是作为日本料理店的配角。但是,随着以国际海洋产品为代表的日系水产公司进驻到旧金山周边,情况开始慢慢有所改变。

国际海洋产品的员工告诉我们一个非常让人欣喜的消息:"我们从筑地①也有进货,所以有什么需要尽管提。"与他们的合作开始之后,虽然和在日本比起来多少还有些不尽人意的地方,但采购的情况有了显著的改善。

我开始考虑,说不定可以开一家专门做寿司的店子,也是因为采购的情况有明显改善的原因。于是一九八五年五月,我们的SUSHIYA开业了。

当然从筑地直接送货给我们提供了非常大的帮助,但八十年代中期从日本发展过来的一些水产公司最能施展拳脚的地方,还是在当地的采购。国际海洋产品的员工也经常说:

① 位于日本东京,世界上屈指可数的著名海鲜市场。

"希望能够采购一些当地的鱼，作为寿司材料提供给我们。"

当然美国大陆的两边都与大海相邻，在东海岸以及阿拉斯加也有很好的渔场。但是美国很少有吃生鱼的习惯，所以没有在流通的过程中保持新鲜的措施。

"这样做的话能赚得更多哦。"进驻美国的日本水产公司，频繁地拜访美国各地的渔民，手把手地教他们捕鱼以及处理鱼的方法。在此之前，美国处理鱼的方法，就算说得再好听也不能算精细，正是因为水产公司努力的结果，使得美国很多鱼能够在送到消费地时保持一个很好的状态。虽然步伐比较缓慢，但渐渐地能够用作寿司材料的鱼也越来越多。

包括比目鱼，东海岸的洋流中长大的比目鱼肉很紧实，还有波士顿的红虾，加利福尼亚的海胆，除了这些鱼以外，还有来自阿拉斯加的螃蟹和虾等等。

波士顿红虾的口感和富山海边的红虾的口感很相似，带着一股甜味，非常好吃。加利福尼亚的海胆样子非常鲜艳，黏黏的口感非常吸引人。

然而，之前这些没能引起人们的兴趣，潜水员即使采鲍鱼时一起采上来，因为不知道加工方法，就只能又扔回海里去了。

过去一直被忽视的大海里的这些食材,不断地被发掘并且送到店里来,我们仿佛在看大家寻宝一样。

SUSHIYA 刚开业的时候,寿司好像还与一般的顾客无缘。我们在朝向道路一边的窗户上摆放了一些从日本买来的塑料做的寿司样品,有一天两位上了年纪的女性路过时,看得津津有味。

她们怯生生地问:"这是 CANDY①吗?"因为我们的隔壁是一家点心店,所以有可能她搞混了。我告诉她们说:"这是寿司。"结果她们一脸惊讶的表情问:"寿司是什么?"这件事给我留下了深刻的印象。

然而,随着鱼类采购的大幅度改善,美国的寿司文化也越来越盛兴。SUSHIYA 刚开业时,有很多顾客觉得用手直接抓着食物吃非常别扭,然而到了八十年代后期,用手直接抓着寿司吃的人们越来越多。

筷子也是一样。果然加利福尼亚州的人们很有进取心,对新文化的包容程度也很高。使用筷子不再是一件罕见的事,经常还能看到一些老顾客教一些其他州来的顾客怎么使用筷

---

① 美国的一种糖果。

子的情景。

一九八七年公映的迈克尔·道格拉斯主演的惊悚电影《致命诱惑》(*Fatal Attraction*) 当中，有一个场景是在吃寿司。我记得好像这是第一次在和日本没有关系的电影当中看到吃寿司的场景。

我记得非常清楚，这个电影的高潮是迈克尔·道格拉斯被纠缠他的女性袭击并差点被杀死的场景，然而我却因为寿司这个与故事情节无关的场面更加兴奋。

刚开始的时候，寿司材料最多就是金枪鱼、三文鱼之类的，然而渐渐地人们的喜好越来越多样化。从SUSHIYA之后开业的TOSHI'S SUSHIYA开始，到后来的桂月，经常来店里的史蒂夫·乔布斯刚开始也只是吃三文鱼以及幼鰤鱼而已，慢慢地他的点菜范围扩大到金枪鱼肉泥、康吉鳗、贝类等等。从这个层面来讲，可以说史蒂夫和寿司的关系是美国人的典型代表。

这个时候，在美国拓宽了采购地的日系水产公司好像还有另外一个目标。正巧日本正处于泡沫经济最盛的时候，日本的高级寿司材料销量火爆，仅靠国内已经供不应求，开始打海外市场的主意。

每天早上，我去圣马特奥的国际海洋产品采购时，经常听到这样的说法。特别是蓝鳍金枪鱼进货时，和日本的竞争非常激烈。

波士顿能捕到蓝鳍金枪鱼，然而八十年代之前，有需求的仅仅是红肉的部分，好像渔夫们把金枪鱼切割之后，就把鱼肚子部分的肉扔了。

日本在江户时代，鱼腩也被当作不入流的东西，非常不受欢迎，而美国直到不久之前还发生着同样的事情。在这些肉快被扔掉的时候，日本人站出来一分钱不花就得到了，随着这样的场面越来越多，慢慢地人们就开始广泛地知道了鱼腩的价值。

多亏了水产公司的指导，八十年代中后期以后，金枪鱼的采购地扩展到了夏威夷以及大西洋等地，但是同时价格也涨了很多。

因为蓝鳍金枪鱼的进货价格上涨，让我感到为难的也是这个时候，看到天空中飞过的飞机时，我就会很怨恨地想："波士顿的蓝鳍金枪鱼就是乘着它飞向筑地了。"

尽管如此，我仍然觉得可能没有比蓝鳍金枪鱼更被全世界喜爱的鱼了。

九十年代以前，有很多蓝鳍金枪鱼运到了日本，之后不久，美国也开始非常流行吃金枪鱼鱼腩的部分。然而美国的IT泡沫解体后，面向亚洲的出口又变多了，现在是出口到中国。从蓝鳍金枪鱼的销路就能看出哪里的经济状况好。

我切身地感受到蓝鳍金枪鱼真正地成为了全世界的商品。但是，对它的价格却是没有一点办法。蓝鳍金枪鱼的价格变得很贵，变成了普通人可望而不可及的鱼类。

寿司里不放奶酪

寿司的普及带来了出乎意料的影响。其中之一,就是对加利福尼亚料理的影响。

加利福尼亚料理以西餐为基础,融合了很多亚洲色彩。

加利福尼亚料理开始流行的原因之一,就是在纽约取得巨大成功的日本料理店"NOBU"。

位于以红酒闻名的纳帕谷的著名餐厅"French Laundry"的托马斯·凯勒(Thomas Keller),以及旧金山的顶级厨师罗恩·西格尔(Ron Siegel)也为加利福尼亚料理的盛行贡献了一份力量。

九十年代后期,罗恩·西格尔参加了日本赫赫有名的"铁人料理"①节目,并在日本龙虾的对决中打败了French的厨师。以此为契机,他开始对日本非常感兴趣,并多次去过日本。罗恩也曾来过桂月。

当时,铁人料理这个节目在美国也很受欢迎,曾在

① 日本富士电视台于一九九三年十月十日至一九九九年九月二十四日期间播出的竞技类烹饪节目。

CATV的一个专门频道配音后反复播出。

鱼类采购条件的改善、寿司店等日本料理店的增加，以及出现了一些有名的餐厅及有名的厨师，使得西餐和日本料理的距离越来越小。

在水产市场，能够越来越多地看到一些看起来明显和日本料理没有关系的厨师，在用心地挑选高体鰤、金枪鱼、鱼腩等的场面。国际海洋产品的员工也说："打电话来询问食材的有名餐厅越来越多了。"

比目鱼以及红虾都是非常受欢迎的食材，最近好像使用海胆的地方也越来越多了。这样的现象意味着，我们在采购的时候竞争对手也越来越多。我一方面因为蓝鳍金枪鱼的大幅涨价，采购食材的竞争越来越激烈而头痛；另一方面，我还非常惊讶美国人对食物的喜好在这么短的时间内有如此大的变化。

要说到吃惊，还有一点，不知道是什么原因，香橙风味在美国大受欢迎，听说香橙汁的进口量也增加了。人们对白味噌的评价也很高，NOBU的味噌烤鳕鱼就是人们开始追捧白味噌的起点，现在到处都能看到味噌烤鳕鱼。

上边都说的是日本料理影响美国料理的例子，当然也有反过来的情况。也就是寿司的变化。

说到海外的寿司一般是指蟹味鱼糕或是把蟹肉、鳄梨和蛋黄酱卷在一起的加州卷。七十年代末，我在夏威夷已经有机会见过里卷寿司，就是用海苔裹着最中心的配料，外边再裹米饭的寿司。

日本也有里卷寿司，在高级寿司里边经常会添上一些黄瓜卷或是金枪鱼黄瓜卷。所以当我第一次见到加州卷的时候，我还曾想，原来用当地常见的材料制作出来寿司会是这个样子，也没有怎么留意，但没想到之后加州卷的进步远远超出我的想象。

九十年代后期，随着一种被叫做 fancy roll 的寿司卷的新种类的出现，寿司的种类一下子变得多起来。

比如，把鳗鱼、黄瓜、奶油乳酪卷在一起，并放上鳄梨薄片的 caterpillar roll，卷了烟熏三文鱼和奶油乳酪的费城寿司卷，在加州卷上装饰上颜色鲜艳的金枪鱼、三文鱼或是幼鰤鱼的彩虹寿司等等。

发明这些独创寿司的是韩国人、中国人，以及日裔厨师。

从寿司热潮刚开始的时候，在日本人经营的寿司店里帮工的韩国人以及中国人就越来越多。在美国学习了寿司的他们以及日本人后裔，很少受寿司原本应该是什么样的局限，结果能发明独创的寿司。

但是，在SUSHIYA以及后来的TOSHI'S SUSHIYA，对于这些独创的寿司，我们也仅仅提供炸软壳蟹卷，以及特辣金枪鱼肉末卷。

我心里想，不论如何也不能接受寿司里放奶油乳酪，所以并没有随意扩大提供的寿司范围，但是已经习惯了五彩缤纷的fancy roll的顾客却并不买账。

"为什么不能做？"

"我们店里的方针是提供传统的寿司……"

"但是，你们不是应该提供顾客想要的东西吗？"

到了九十年代后期，店里经常会出现这样的对话。一般我们都会耐心地说明，寻求顾客的理解，即便如此，有时也说服不了顾客的时候。在餐厅评价的网站上，也有顾客留下"没有fancy roll，没有新意"等负面的评价信息。

虽然我们也曾不满地认为，情况可不是这样的，但这也确实是寿司在海外普及后的必然结果。二〇〇〇年以后,我开始觉得差不多需要改变经营方向的背后,也是因为寿司的这种"进步"。

硅谷首家会席料理店

二〇〇四年开业的桂月是以会席料理为主的日本料理店。因为寿司店的数量明显地越来越多,我想要让人们知道除了寿司以外的日本料理,想要让人们知道日本料理不仅仅是寿司和天妇罗,这样的想法越来越强烈。

那个时候,在硅谷哪里都没有以会席料理为中心的日本料理店,我们开始了摸着石头过河的日子。

最开始我们提供的菜单是开胃菜、煮菜、刺身等传统的会席料理,最开始的失败是在煮菜。

"没有味道"、"是不是和热水搞混了" ……顾客的评价非常糟糕。开始我们觉得是不是因为味道太细腻,顾客感觉不出来呢,过段时间会不会好些,所以决定再观察一段时间,但是顾客的抱怨一直不断。甚至有顾客就在我们面前大肆往碗里加酱油,让我感觉非常难堪。

决定取消煮菜是在桂月开业几个月之后。现在回过头来看，有可能是因为没有买到好的海带以及鲣鱼干。因为实际上厨师本人好像也不满意的样子，所以这个决定是不可避免的。

食材的选择也是需要特别注意的地方。如果很大程度地依靠从日本进口的话，能够维持高的品质，但容易受汇率的影响，对经营整体不利。另一方面，如果增加当地食材的使用能够控制成本，但也会多少牺牲品质。如何在两者间取得平衡，是最考验本事的地方。

另外还有一些美国特有的问题，就是过敏和宗教。

因为顾客过敏而对食材的限制远远超出我们的想象，这是在我们开始提供会席料理不久之后发现的。会席料理中经常使用面筋，但是不能吃面筋的顾客却出奇地多。在我的印象中，我们越来越多地发现了坚果、小麦等会引起过敏的各种各样的食材。这种情况下，只能在有限的材料当中考虑替代品，非常麻烦。

另一个宗教的问题更加复杂。硅谷地区印度裔人士很多，印度教徒不吃牛肉。猪肉是伊斯兰教徒的禁忌。顾客中也有未必是因为宗教原因的素食主义者。

硅谷中犹太教徒的顾客也不少，他们不吃没有鱼鳞的鱼。所以提供给他们的菜品里不能用鳗鱼、康吉鳗、蛇等材料，我们想用海鳗也不行。用蟹肉做菜的时候，通常认为最好是用真正的蟹肉，但是犹太教的顾客们更喜欢以白肉鱼为原料的很像蟹肉的鱼糕。

我们在接受预约的时候，一定会问"您有什么不能吃的东西吗？"，但是要应对各种不同的过敏以及宗教，是远远超乎想象的一件难事。

要是一张桌子上既有印度教徒，又有犹太教徒和素食主义者会怎么样呢？并且还有过敏的问题。这种情况下，所有人都能吃的食材是什么？我们曾经很多次碰到过像是要解联立方程一样的情况。

有对小麦过敏的顾客预约时，我们在调味的时候必须要使用原料中没有用小麦的特殊的酱油。对于素食主义的顾客，不能用鲣鱼干，而是要用海带和大豆来做汤汁。准备起来要花好几天时间。

然而，即使我们非常谨慎，在顾客来之前还会再次确认"这些都没有问题吧"，但是在顾客光临后，才发现一起来的顾客中有对某种食物过敏的情况，这种意料之外的事情时有发生。

寿司店基本上是顾客选择他们所喜欢的材料来点菜，所以没有这些问题，然而提供固定菜品的会席料理，就无法避免过敏以及宗教的问题。

并且还有美国人的秉性问题，如果在日本，顾客会说："请在我的菜里不要放○○和××。"而美国的顾客会明确地提出"请把这些换成其他的材料"。有的时候，需要变更的东西太多，我就会想，"你还不如干脆全都单点好了"，但还是会不让步地说："既然特意预约了来吃会席料理，所以请和大家享用一样的菜品吧。"

美国顾客的态度非常明确："我们来这里是为了让自己满意的，并且会支付相应的金额。"

厨房的员工甚至完成过非常复杂的上菜：在给四人桌上会席料理时，分别要把不同的菜品正确地摆放到不同的顾客面前。就在顾客马上就要用餐之前，却不得不取消一些提前准备好的菜品，换成单点菜单中的菜品，这种情况经常存在。

连我自己也觉得我们做得不错，员工们也非常努力。如果要是问我还想不想重新做同样的事情，我可能不会立刻回答上来，但是即便如此，我也认为提供真正的日本料理的挑战是有价值的。

作为专业日本料理店的自豪

~~~

虽然桂月因为过敏以及宗教相关的问题相当伤脑筋，但我还是自负地认为会席料理最终在硅谷赢得了广泛的支持。证据就是在桂月关门的时候，很多顾客给我们送上了太多的祝福，听说之后在硅谷开业的会席料理店，生意也都很好。

我们在硅谷做的事情不仅仅是这些。三十多年前说到日本料理就只有寿司、天妇罗、照烧、寿喜烧这四种的组合。现在烤肉、烧串、居酒屋、拉面等专做一种日本料理的店越来越多。并且，店里的顾客是住在当地的形形色色的人种，其中最多的并不是日本人。

包括硅谷在内的加利福尼亚州可以算是美国的人种融合发展得最好的地区，甚至有人说"纽约和加利福尼亚的食文化的发展完全不同"。不管怎样，这近三十年来的变化让人吃惊不已。

寿司也是同样。或者从普及这个意义上来说，可能寿司走在了日本料理的最前列。最近甚至能看到旧金山的快餐式的寿司店,那是在顾客选择了喜欢的食材后,当场卷寿司的一种方式。

快餐店里卷寿司用的是海苔或者大豆做成的薄片,米饭也能选白米饭或糙米,并且在那里工作的人是拉美裔人士(墨西哥血统)。

听说在墨西哥也非常流行寿司,好像欧洲还有"披萨和寿司"店。现在就连寿司是什么的定义也变得模糊起来,但是毫无疑问这些都是起源于日本的寿司。

除了不断涌现出的各种各样的寿司,以及被人们所接受的会席料理,各种各样的日本料理店也越来越多。这些年的变化,远远超出我们的想象。

回顾这三十年的时间,我不禁觉得,世界上的人们能够广泛地接受各种文化以及习惯,而且程度远远超出我们的预料。

当然,就像我们苦心经营会席料理,寿司不断发生着变化一样,根据每个地区特有的情况进行调整和变化也必不可少。

但是，如果不重视这样的辛苦，我们就不会发现，自己身边居然有这么多的宝贝能让世界上的顾客们都得到享受。当然这应该不仅仅是局限于食物。

第八章

史蒂夫的邀请

● ● ● ●

今天店里真是特别地安静啊……站在硅谷的日本料理店桂月的柜台内，这样的感觉慢慢地越来越多。这是进入二〇〇八年之后的事情。

做生意当然要受到每个时期经济状况的影响。特别是硅谷就像现金一样，如果股价上涨、新股票不断上市（IPO）的话，顾客的手脚也会变大方，相反亦然，这是非常容易理解的。

即便如此，二〇〇一年发生 IT 行业的大事件——互联网泡沫破裂时，我们基本没有遭受什么损失地渡过了难关。在 SUSHIYA、TOSHI'S SUSHIYA 以及后来的桂月，我们也曾多次经历过经济景气的起伏，非常幸运的是我们都避免了遭受致命的打击。然而，二〇〇八年的情况却和之前大不相同。

电视的新闻节目里，主播一脸严肃的表情反复地讲"次级抵押贷款"这个词。刚开始的时候，我们感觉好像是发生在某个遥远国度的事情一样，慢慢地才明白这并不是和我们没有关系。

桂月的店子是在沙丘路，那个地区有很多有名的风险投资公司（VC），甚至能够称为VC银座。在周边的办公楼里工作的风险投资家们是店里的常客，他们在店里一边享受午餐，一边和投资对象以及同行商谈的光景十分常见。

但是到了二〇〇八年春天，这种商务目的的顾客开始非常明显地减少。苹果公司的史蒂夫·乔布斯曾坐在桂月寿司柜台他最中意的一号座位说："从这里观察其他顾客的样子，能够知道经济动向如何。"真的就像他说的一样，顾客的多少是反映经济状况的敏感的风向标。

每天，我都会盯着账簿思考到底有没有什么办法，但是却完全没有好转的迹象。就这样下去，情况恶化得让我们不能再不紧不慢了。所以我们做出了一个决定。

三月初，在午餐营业后的休息时间，我把店里十二位员工召集起来说："接下来中午时间我们就不营业了。"我曾经很多次对比营业额和成本，反复计算之后，发现结论是，店越开亏损越多。桂月的员工里面，除了日本人厨师以外，都是按时间支付工资的。如果午餐时间不营业就能减少这部分的成本。

工作的时间减少了，员工的收入就必然会减少。这对员工来说是一件非常不愿意见到的事情，但是这个时候大家的表情却出乎我的意料，没有非常沉重。可能因为听说了周边的餐饮店因经营困难而解雇员工的消息，大家可能觉得这个决定比解雇要好一些，反倒有些放心了吧。

然而，虽然停止了午餐时间的营业削减了一些成本，但店子的经营却没有怎么轻松。夏末秋初，顾客的数量进一步减少。最惨淡的时候某天晚上总共只有十二位顾客，我想所谓的门可罗雀就是指这种状态吧。

因为桂月要提供细致的服务，所以服务员一直有三个人，和座位数相比而言，这样的配置比较密集。但很多时候却不得不对他们说："今天到这儿就可以下班了。"厨房的情况也是一样。

每年到了十一月份就会进入圣诞季，店里经常会发行礼物卡（餐券），但是二〇〇八年情况有所不同。因为顾客们都处于"节流"的状态，礼物卡很难销售出去。另一方面，有的顾客即使在这种情况下也想要享受美食，他们不知道从哪里找出过去的礼物卡来店里使用。

这一年，使用礼物卡的顾客们的餐费比当年发行的礼物卡的总额还要多，店铺的经营雪上加霜。

结果，到了第二年的二月、三月，也没有任何好转的迹象。

这个时候，虽然我表面上表现得非常乐观，对员工们说："再挺一挺就会变好的。"但内心却是非常揪心的。银行的存款余额不断地减少。如果这样的状态再持续三个月的话，店子可就危险了。这样的真心话也只有到了现在我才能说出来。

桂月的下一步

二〇〇九年春天结束后,我非常明确地感觉到顾客的数量应该已经过了最少的阶段了。终于,在我们的坚持之下,艰苦的一年就要结束了。到了二〇一〇年,我们多少有了些富裕,终于到了能够开始考虑下一步的时候了。

桂月开业后过了五年,我们发现了各种各样的问题。材料采购价格攀升,日元升值、美元贬值的汇率市场也使得从日本的进口面临严重不利的情况。二〇〇八年九月的金融危机,包括我们附近的店铺在内,不管哪里的餐饮店应该都遭受了严重的打击,但是材料采购价格却并没有因此就有所下降。

店铺的规模也让我们很头痛。本来最开始开桂月时的想法,是想在硅谷提供之前未曾有过的细致的服务,所以员工一共有十二人,规模也不算小。实际上开业后才知道,在加利福尼亚,这么大规模的店铺,经济上最麻烦。

因为在员工的保险及雇用条件方面,我们必须要承担与大型公司相同的义务，然而营业额却没有多高。需要花费心思的地方很多，收益却没有什么提升，这是结构上的问题。

而且我马上就快六十岁了，也觉得自己差不多是时候应该轻松一些了。

本来在金融危机的不利环境下，我们根本没有心情去考虑这些。等暴风雨过后能暂时喘息时，我和妻子经常会商量："我想把这里卖掉，换一个小一点的地方。只有柜台前十个座位的话，那我们两个人也能忙得过来"。

找到那间店面也是非常的偶然。我们开车路过桂月时，发现星巴克咖啡边上有一家布局不错的空店铺。

隔着玻璃门看到店里马上就要开始装修似的，可是仍然挂着招租的牌子。我们记下负责人的名字和电话后，急忙打了电话过去。

接电话的中介是一位叫利兹的女性。星巴克咖啡边上的这店面果然已经有人租了，但是利兹非常亲切，给我们的感觉也不错。于是我们把我们的希望告诉了她，让她帮我们寻找合适的店面。

因为桂月的常客越来越多，所以我们希望新店的地点能在门洛帕克附近。因为我们打算夫妻两人打理,所以最好是尽可能小的店面。这一带规模小并且感觉不错的店面非常少,然而利兹一直耐心地帮我们寻找。

到了这个时候,店里的顾客主要是以回头客为主,所以对于新店的地理位置没有特别的要求。我们告诉利兹:"尽量不显眼的地方就好。"然而她却非常不理解的样子。

"为什么不显眼的地方好呢?"她歪着头问。我们回答说:"日本有一些店铺故意藏得比较深,也有一些有名的店子甚至连招牌都没有。"利兹露出一种似懂非懂的复杂表情。

可能是这样反复的沟通最终取得了成果。一两个月后,利兹非常高兴地告诉我们找到了,地点就在桂月附近的高级酒店里,从桂月所在的位置出发沿沙丘路往上走五分钟左右的地方。

位于斯坦福大学校园一角的这家酒店于二〇〇九年开业。宽敞的酒店用地里排列着很多低层的客房,一间客房一晚的费用要六百五十美元以上,在这个地区算屈指可数的酒店。

可能是因为酒店的建设,期间周边还出现过停水停电的情况。我们也曾担心过酒店开业之后，会抢走我们一部分商务午餐的顾客。

午餐时间，风险投资家们不喜欢和同事或者竞争对手挨着坐。桂月接受预约的时候，也尽可能地避免发生尴尬的情况，但也并不是每次都能满足顾客的期待。这一点来说，在空间宽敞的酒店，面对面的风险就小很多。

实际上，这家酒店开业后一段时间，我们店里的顾客数量确实有所减少，不过完全也不用担心。倒不如说从中长期来看，因为高级酒店的开业提高了这一带的地位，对于桂月吸引顾客来说也有正面的影响。

利兹给我们介绍的店面就位于这家酒店的一角。到处寻找的结果，突然冒出来的有力候选居然离我们这么近。我想这可真是丈八灯台，照远不照近啊。

来自常客的帮助

我们立马过去看了一下，店面的位置比我们想象得要好很多。离酒店的大堂非常近，面积大约有二十五平方米。据说原本是礼品店。

我们对这个地方很满意的一个理由是它位于高级酒店之中。从 TOSHI'S SUSHIYA 到桂月，我们的目标是做高级日本料理店，所以也提高了价格，即便如此，涨价的幅度也有限。

比如对于会席料理的套餐价格设定，我们也是经历了反复的摸索，每个人超过一百美元的时候，仅仅是在情人节以及圣诞节等特别的日子。因为通常情况下，顾客能够接受的会席料理的价格范围是两位数以内。

寿司也有大家能接受的价格范围。本来寿司的材料某种程度上不得不依赖从日本进口，因为要加上汇率和航空运费的成本，所以不管怎么样顾客都会觉得贵。

从日本进口的海胆的价格是十二美元，金枪鱼是十美元，这样的价格在桂月里算是例外。一般一碟六美元左右是比较现实的价格。

还有，顾客对于桂月主要以会席料理为中心，寿司材料的品种有限也存在不满。像史蒂夫等常客来的时候我们可以提前准备好一些特别的材料，但也不是总能这样。

但是，高级酒店里应该有很多顾客的想法是"为了好吃的东西，多少钱都可以付"。"大米以及做汤汁用的海带、鲣鱼干都从日本进口最好的，最好的寿司材料也备全。"当我看到这个店面的那一瞬间，我的内心充满了想要展示日本的寿司文化的精髓的干劲。

最开始酒店提出的条件也是非常不错的。说得极端一点，酒店甚至说："我们来准备所有的东西，你们只要人过来就行了。"但是，到了二〇一〇年秋天，开始商量具体的条件时，风向变得有点奇怪了。

酒店方考虑到与酒店内其他店铺保持协调，对于店内的装修以及设备提了很多要求。我们也是为了现实理想的店铺，不断地提出条件。我们提出用从日本运过来的整块的扁柏做柜台的想法，远远超出了酒店方的预计范围。

不知什么时候，"只要人过来就行"这样的好条件烟消云散，开始商量双方各自怎么分担。进而发展到连商量都搁浅了。

这家酒店在德克萨斯州的达拉斯经营着相同系列的其他设施，纽约有名的日本料理店 NOBU 也在其中开了分店。我们考虑可能因为桂月不是有名的店子，所以商谈才进展不下去吧，所以为了宣传我们的店子，我们商议了一个计策。

酒店是属于斯坦福大学的，所以我们想找一些在斯坦福大学有头有脸的人，在背后推我们一把。我们调查了一下斯坦福大学的相关人士，努力地寻找店里的顾客当中有没有人能够帮我们一把的，很快就找到了我们的候选。

第一位是从 TOSHI'S SUSHIYA 开始就常来的一位巴斯先生。第一次见到他时，我以为他是一位学者，实际上是住在德克萨斯州的生意人。在石油领域积累了很多财富，来湾区的时候总是乘私人飞机。

正好是出现这个问题的大约一个月前，午餐营业结束后的休息时间，巴斯在店外边敲门。"我想要一份外带寿司。"

因为不是营业时间,所以我们先是拒绝了,不过巴斯非常诚恳地说:"我马上就要回德克萨斯了,想给妻子带一点礼物。"这时我脑海里浮现出巴斯妻子温柔高贵的样子,她曾经多次和巴斯一起来店里。

巴斯夫人喜欢海胆,当天正好有高级的海胆,所以我做了一份外带寿司给他,巴斯开心地带回去了。当时收银员不在,所以我告诉他不能用卡消费,于是他留下了卡号和电话号码。

我们正在努力寻找斯坦福大学相关的人士时,发现原来巴斯是斯坦福大学房地产部门的高层。这真是非常幸运啊。我发邮件给他后,他马上打电话过来,问了我们的情况。好像他和酒店的负责人也认识,所以承诺我们说:"好的,我去试试。"

另一位是阿里亚加先生,他是向斯坦福大学捐款最多的人士之一。他的女儿劳拉是著名投资家马克·安德森的夫人,也是斯坦福大学的讲师。劳拉是从 TOSHI'S SUSHIYA 开始就常来的一位顾客,她和史蒂夫·乔布斯的夫人劳伦娜也曾几次来过桂月。

我打电话给劳拉说:"有件事情想请你帮忙。"刚开始的时候她好像以为我是要借钱,所以回答说:"我可能帮不了什么。"我继续说:"不是这样的,我是想请您和您的父亲为我们做一下宣传就可以了。"于是劳拉也同意帮我们这个忙。

在我们拜托两位贵人帮忙的两三天之后,我们试着联系酒店的负责人,原本陷入僵局的商谈,出奇地又可以进展了。

硅谷经常被称为人脉社会,那时是我真切地感受到这一点的瞬间。

出乎意料的结果

~~~~

跨过了这个大的障碍,再次非常顺利地准备开新店。我们请了木工到现场测量,并画完了重新装修的图纸。冰箱、椅子、寿司材料盒等需要新购置的东西也列了清单,并且请人报了价格。我们计划把店名定为"俊(TOSHI)",连印在招牌以及筷子袋上的标志都设计好了。

桂月转手的事情进展得也很顺利。本来我们的计划是把转手桂月的钱用作新店开业的资金,所以如果转手的事情进展不下去的话,我们就不可能走下一步。

桂月转手是由帮我们找到这家店的利兹的同事布赖恩负责的。因为我们对这家店也有深厚的感情,所以也想尽可能地转手给对这一带的情况比较了解的人。刚开始的时候怎么也找不到合适的买家,后来知道曾经作为顾客多次来店里的一位日本人有兴趣,所以通过布赖恩我们开始进行具体的协商。

不久我们就发现，这个日本人就是我们最佳的转手对象。这一地区有一个规则，就是餐厅转手之后，在一定的范围之内不能开相同的店子。因为如果原来的老板在附近开了新店，有可能会抢走顾客，损害新老板的利益。

然而，这次对店面感兴趣的买主，是想用桂月的店面开一家加入了日本元素的法国餐厅。

这样的话，我们在非常近的酒店里开一家新的寿司店，也没有问题。我们想这么好的机会应该不会再有了。

"我们都是邻居，以后要携手一起努力啊。"协商在友好的氛围下进行，二〇一一年二月中旬，在门洛帕克的中介事务所，我们举行了签约前最后的协商。我们互相确认了条件，并友好地握手。等律师最终检查之后，我们再签名就算签约成功了。

我当时感觉手续已经完成百分之九十九了。开新店最大的障碍就是转手旧店，这件事情也有了眉目，我不禁越来越期待下一步。

大约一个月之后的三月十一日，日本发生了东日本大地震。通过电视看到的前所未有的自然灾害，让我非常心痛。

可能是偶然的一致吧，以此为起点，原本进展顺利的事情开始出现问题。

正好也是这一天，对方的律师发来了电子邮件。很长的邮件里边提出了很多合同书里不完善的地方，但在这个时候，我们完全没有预想到，之后很快就要发生翻天覆地的变化。

一周之后的三月十七日，那一天发生的事情我至今记忆犹新。我（俊雄）作为记述人像纪录片一样回顾一下当天发生的事情吧。事情是这样的。

"因为条件不符合，所以我们想要取消之前的协商"。上午十点刚过，惠子在家里打开电脑，收到这样一封邮件。发件人是刚才提到过的那位律师。当时惠子非常吃惊，以至于根本无法理解发生了什么事情，但冷静地再读了一遍，发现果然是要取消之前的协商。

那个时候，惠子一般是下午四点来店里的。我因为要为午餐时间的营业做准备，上午就到店里了。惠子在这期间，在家里处理账本以及店里的事务性工作。

突如其来的邮件让惠子吃了一惊，她打电话到店里来。

"律师发邮件来说，想要取消之前的协商……，我已经让利兹去寻找下一个买家了,但是我想可能没有那么快。酒店也不可能一直等着我们,怎么办啊。"

我记得电话就是这些内容。因为非常突然,我也不知道说什么好。我再重复一下,能到酒店开新店的前提是能把桂月卖出去。我想很难马上找到一个对我们来讲非常合适的人选,想要买下桂月用作日本料理店以外的用途。如果转手的事情受挫,那么新店就不可能开张。

茫然若失应该就是指这个状态吧。我头脑一片空白。但是,就在这样的状态下,马上就要迎来午餐营业的时间。

疯狂的主意

～～～

"到底是什么原因呢？"当然，我没有办法马上整理好自己的心情。但是，马上就要到午餐开店的时间了。不管怎么样，我也要打起精神，像往常一样做好迎接顾客的准备。

过了一会儿开店之后，突然一位员工和我说："史蒂夫来了哦。"

我想他一个人没有预约就过来，真是少见。史蒂夫像平常一样坐在寿司柜台前的一号座位，吃了两三碟寿司后，他说："听说你要把店卖了？"

事出突然，我也不清楚史蒂夫为什么会知道这件事情。但是，我当时一点也没有感觉到任何疑问，想也没想地说："我想差不多就要退休了。"

因为开店之前突然收到转手失败的消息，我不由得说出了想要退休的想法。之后，史蒂夫好像看透了一切似的，提出："我有一个主意，午餐之后我们说。"

那个时候，史蒂夫已经宣布他因为疗养需要长期休假，实际上应该是处于没有工作的状态。但是，当时没有感觉他身体不适，看起来很精神。那一天他看上去也很有活力，他跟我说这个事情的时候是午餐营业时间刚开始，我肯定不能让他在那里等三个小时。于是，我对史蒂夫说："之后我让惠子和您联系。"他同意之后就离开了。

史蒂夫一离开店，我就给家里打了一个电话，"刚刚史蒂夫来过店里，他说有一个主意想和我们说，说是在午餐营业之后，他直接跟我说，可能我也不是能很好地理解，所以明天你打个电话给他吧。"

这个时候，我们完全不知道史蒂夫所说的主意是什么，但是惠子可能猜到了什么。"要是这样的话，那最好马上和他联系才好。虽然不知道他说的是什么，史蒂夫总是在同时考虑十件事情，所以到了明天，他的心情可能就变了。我马上发邮件给他。"说完这番话后惠子挂断了电话。

惠子马上发了邮件给史蒂夫。"您和俊雄说有一个主意，具体是指什么呢？我三点钟之前都在家，方便时请打电话给我。"

电子邮件的最后留了家里的电话，不久电话铃就响了。

惠子问："您说的主意是什么？"，史蒂夫略显得意地回答："这是一个稍微有一点疯狂的主意，我听说你们要把店卖了，如果俊雄有兴趣的话，要不要来苹果工作呢。我觉得是个不错的主意。"

把自己珍藏的宝贝展示给母亲时的少年的口气可能就是这样的吧。史蒂夫当时说话的口气就像这样。

"原来是这么回事啊！"很奇妙的是惠子一边觉得很吃惊，一边又理解了这个想法。实际上原来我也曾收到过史蒂夫这样的邀请。但是，当时我的真实想法是，我可不想在史蒂夫那里工作。史蒂夫作为一名顾客我们也不能用一般方法对待，要是在他手下工作，那肯定是困难重重，所以当时我也没立刻答应。

惠子也是知道这些情况的，所以也没有马上给出明确的回复。"您的主意是非常难得，我得问一下俊雄才能回复您。而且，我们之前谈好的店面转手的事情，今天早上突然取消了，现在我们还不知道什么时候才能找到下一位买主。店要是卖不出去，俊雄哪里也去不了啊。"

史蒂夫的性格里也有急性子的部分。正是因为这样，我觉得他很有可能说:"好不容易我提出一个好的方案,你这么说的话就算了。"然而,那一天他的反应却不同。

"什么时候都行哦。等你们把店卖了再联系我就行。我不着急,我等你们。三十分钟之后我和公司自助餐厅的负责人打个电话,在此之前,你能不能问一下俊雄的意见。"

在这么巧的时机收到史蒂夫的邀请,好像惠子发自内心地惊讶,所以再次打电话到店里来。

"史蒂夫有一个疯狂的主意,问你要不要在苹果的自助餐厅工作。你怎么想呢?不管怎么说这个时机也太巧了。他应该不知道转手店面受挫的事情。"

确实,在这个时机收到的邀请让我真的很吃惊。但是,我也有不能马上接受的原因。"自助餐厅啊……。但是店子转手不出去也没有办法啊。"我这么说后,惠子好像想起了之前和史蒂夫的谈话内容,马上补充说:"我也和他说了,他说等你,说等店子卖出去了也可以。"

"我等你",这句话直击我的内心。即使仅把史蒂夫作为一名店里的顾客,也能感觉到生病之后的史蒂夫确实和原来的史蒂夫不同。要是原来我肯定会很犹豫,但是那天,我想要助史蒂夫一臂之力的想法占了上风。

不管怎么说,这真是发生在一个绝妙的时机。如果要是早一点,我可能会拒绝说:"我们要开新店。"要是再晚一点,我可能会说桂月我们还会再经营一段时间,或者有其他别的选项。

大家知道这件事后,很多人问我:"为什么史蒂夫会邀请你呢?"当然我们也不清楚。而且现在也没有办法弄清楚了。如果凭我的想象来说的话,那就是史蒂夫很喜欢桂月吧。

那么有名的人不管去哪里肯定都会引起轩然大波,而在桂月我们基本只是把他当作一名普通顾客。我们的关系不是与著名经营者的关系,而是餐厅与普通顾客的关系。可能史蒂夫觉得这样的氛围让他很舒服吧。

还有一个原因就是史蒂夫特别喜欢寿司吧。寿司在美国普及的同时,本土化也不断发展,在这种背景下,桂月却是用心地提供传统的日本寿司。好像这和喜欢日本,喜欢简约的史蒂夫的爱好一致。这样考虑的话,我也觉得,史蒂夫想要在自己身边就能吃到美味的寿司的这种"任性",实际上是他邀请我的原因吧。

不管怎么说,二〇一〇年夏天开始的半年时间里,真的发生了很多让人不可思议的事情。我们偶尔在路边发现了一家空店面，负责这家店面的中介介绍我们说，附近的高级酒店里有一处最佳的地点可以开店。和酒店的协商进展不下去的时候，店里的一些常客帮了我们一把。只是马上要签约的时候，对方突然反悔，在我们茫然若失之际，史蒂夫又突然出现了。

我们强烈地感受到人与人之间的缘分的同时，也真实地感受到偶然的力量。在经营SUSHIYA、TOSHI'S SUSHIYA以及桂月时，与很多顾客结下不解之缘，我感觉这半年发生的事情浓缩了我们的缘分。

长年住在硅谷，我的感觉是身处国土广阔的美国，人口密度之高又让人感觉不到国土的广阔。硅谷聚集了很多兴趣爱好相同，关注的事物相同的人们。

可能是这样高的人口密度孕育了各种各样的缘分，产生了大大小小、各种各样的奇迹吧。桂月转手一事引起的波澜和世界上发生的大事件来比，可能只是根本不值得一提的小事，但是通过这件事，我更加能够切身地感觉到硅谷强大的秘诀。

第九章

坚持了二十六年的理由

● ● ● ●

从一九八五年 SUSHIYA 开业到二〇一一年桂月关门，我们在硅谷经营日本料理店的时间大约有四分之一世纪。说得俗一点，既有高潮又有低谷。有的时候开心，有的时候痛苦，但我切实地感受到我们每一天都非常努力。在这个过程当中，我们也有很多发现，也学到了很多东西。最后，我想回顾一下我们学到的东西。

寻找互相弥补缺点的伙伴

~~~

厨师:"店里这么忙,为什么不赚钱呢?"

会计:"那当然了。在人工费以及材料采购上花了这么多成本,哪里还能有什么利润啊。"

厨师:"虽说如此,可是采购寿司材料是要花钱啊,店里要运转下去也需要人手啊。"

一九九四年,从SUSHIYA转到面积更大的TOSHI'S SUSHIYA时,我们经常有这样的对话。厨师就是我(俊雄),会计就是惠子。

那个时候,每个月结束后我们会统计一下营业额,每三个月会把店里的日常支出也算进去,制作一下损益计算表。经营TOSHI'S SUSHIYA时,经济状况好,顾客也很多,经常是连着好几天出现顾客排队的现象,但是与此相对,店里却很难赚到钱。

当然我们在员工面前会避免提到经营状态这样的话题,

我们也没有激烈地争吵。本来在店里，"因为顾客以及员工就在眼前"，惠子和我讲话的时候甚至都是用敬语的。

其中还有些顾客没有意识到我们是夫妻，有一位从SUSHIYA时代就常来店里的顾客甚至曾经问我："之前的夫人怎么了？"那个时候我突然想起来，他问的可能是曾经和我一起经营SUSHIYA的女合伙人。在这个地区，男女两个人一起开店被当作是夫妻的事也不是没有可能，我只能隔着柜台苦笑不已。

总之在店里的营业时间，别人都看不出我们是夫妻，而在员工下班后或者休息日的家中，我们夫妻二人总是一边看账簿一边叹气。

我们叹气的原因同样是因为很难赚到钱，但是从最开始我们两个人的观念就有所不同。

我从中学毕业就开始走上厨师的道路，惠子是在大学里学习会计学的会计，我们对事物的看法不同也是理所当然的。我们在经营SUSHIYA时，惠子从事其他的工作，只是偶尔会帮忙照料一下店里的会计事务。但是，到了经营TOSHI'S SUSHIYA时，形式上惠子是合伙人，我们的意见不一致就更加明显了。

当然我说的不同也不是经营理念等很大的差异,从十五岁开始学习厨师的我,经常会凭感觉看事情,考虑问题。可能不是很有逻辑,在我的观念里有"营业额低的好日子"和"营业额高的不好的日子"。

即使营业额不高,如果顾客的满意度高就是好日子。因为满意而归的顾客之后很有可能会再次光临,也有可能成为店里的常客。因为在地方不大,重视口碑的硅谷地区,他们还有可能会介绍朋友熟人来店里。

另一方面,和上述情况完全相反。即使营业额高,但是店里太忙,没能为顾客提供令人满意的服务的日子就是不好的日子。虽然没有桂月时那么贵,但是在TOSHI'S SUSHIYA吃一顿饭也是一笔不小的支出。与简单的快餐店可不一样。如果顾客觉得不满意,那他可能再也不会来店里消费,而且差评会不断扩展。

在店里不断积累了各种经验的厨师会用身体来理解,但是和数字打交道的会计有另外一套理论。我们对话的很多细节里都体现出这种差异,我总是非常不满地想"为什么总是说数字、数字","为什么只关注结果呢",而惠子好像也有很不耐烦的时候。

是什么解除了我们之间的隔阂?从结论来讲,是时间。后来慢慢地惠子自己也开始来到店里,亲眼看到每一个顾客的样子,她曾说:"我明白有很多东西不是单纯地用数字去考量的。"另一方面,我也慢慢地能理解数字的重要性,渐渐地开始学习记账以及预估收支。

鱼类的价格不断地攀升,如何控制采购的价格是非常困难的工作。与日本不同的是,在美国自己不能直接跑到河边或海边去谈价格。这一点无论如何也得不到让会计满意的成果,但是在人工费上有努力的空间。

为了维持一定水平的服务,就不能减少人数。但是,我学习到通过分配轮班的方法,能够控制经费。通过早晚班的组合以及调整午餐的时间,最终取得了超出预期的效果。

这样的经验在桂月时期也得以充分的应用。"如果没有TOSHI'S SUSHIYA时的经验的话,桂月时代应该会更加困难吧。"这是我们两个人的真心话。

或许世界上有那种什么事情自己都能完成的"超人"吧,

但是这对很多人来说是不可能的。也就是说拥有不同的视点及经验的伙伴是多么的重要。这是从我们的经验里获得的最重要的教训。知识、背景、文化不同的人们相互碰撞，通过这个过程能够找寻到最合适的平衡点。

如果这样说，可能看上去好像是我的想法有了全面的改变，但是实际上也有一些没有变的部分。经营咨询师以及会计师在日本都是被称为"老师"的人，而我却一直都没有对他们说的话全盘接受。

我认为不管有多么优秀的理论，如果没有现场的经验，那也只是纸上谈兵。只有经验和理论完美的结合，才能取得成果。有人问我对年轻人有什么建议的时候，我总是结合自己失败的经验，强调这一点。

不满足于现状

~~~

还有一件事发生在更早些时候,那是发生在SUSHIYA开业之前的事情。现在回想起,我仍会冒出冷汗。

当时,我们在帕罗奥图的大学大街发现了一个小却整洁的店面,为开店有了着落非常开心,但是我们手头却没有钱。这种时候能依靠的就是银行。至少当初我是这样认为的。

但是,当我们拿着手写的收支计划意气风发地走进银行时,负责人却非常冷淡地说:"我觉得你们的计划不会这么顺利。"实际上我们吃了闭门羹。

我们又去敲其他银行的门,这次银行说:"地点太差劲了。"也没有理会我们。

现在的大学大街是这么的繁华,可能大家都不敢相信,然而这却是当时的大型银行的判断。我们开业之后,招徕顾客非常顺利,实际上的营利超出了原来的收支计划。但是,在当时我们还无法预知这些。

客观地讲，当时我们真的是走投无路，但是我却没有那么消沉。可能是年轻吧，或者可能是无知吧，不管怎么样我很快地转换心情，开始了下一步的行动。这个时候我们遇到了原来工作的店里的一位常客，因为他有熟人在最开始拒绝我们的银行的另一个分店工作，借着这份幸运，我们最终获得了银行的融资。

我们把手头的钱全部投进去，把银行的融资范围也最大限度地用光，并且得到了已经回日本的原来的常客的援助。就这样，最终我们还是成功地开业了。但是让我吃惊的是开业之前自己的存款余额，因为银行寄给我的明细表里清清楚楚地记录着只有三百美元。

我想："不管怎么样，只要店开业了总会有钱的。"所以朝着开业这个目标不顾一切地全力冲刺，完全忽略了我们眼前的资金安排。虽说这都是二十多年前的事情了，可是只有三百美元也太离谱了。完全不能想象这是一个成年人的全部财产。

"下次的房租都交不上了，怎么办啊？"我记得我们两个人曾经有过这样的对话。结果，我们只能拉下脸找员工借了钱，才能暂时应急，回过头来看，只能说当时真是不知道害怕是什么。

员工很开心地借了钱给我们，当然我们后来也有还给员工，但是新开店的老板居然这么落魄，员工肯定会觉得很担心吧。真是对不起他们。

那个时候可能是因为非常年轻，所以才能渡过难关吧。但实际上又过了二十年左右，我们也有过相似的经历。那是在桂月开业时的事情。

桂月的开业资金用的是转手TOSHI'S SUSHIYA的钱、存款、房产担保融资。和SUSHIYA开业时不一样，因为我们有担保，所以和银行的协商没有什么困难。但是，因为我们的目标是把桂月开成高级餐厅，所以与过去相比所需要的金额更多，我的脑海里也曾涌现出担忧，"要是失败了可怎么办啊？"

和二十年前不一样，我没能完全地满不在乎。有的时候甚至睡着睡着会突然醒来，另一方面我也这样想过，"失败了的话，就再把店卖出去，总会有办法的，不至于连住的地方都没了。"

我并没有打算大肆地鼓励大家去追求冒险,去进行不顾后果的挑战,然而我觉得有的时候也需要不满足于现状,敢于与过去告别,迈出新的一步。

眺望加利福尼亚一望无际的蓝天,我就会想"总会有办法的",这真是让人不可思议。这个地区创业的人非常多,有可能和这样的天气有关系吧。

从小起步

回顾 SUSHIYA 开业的过程，我自己也吃惊地觉得自己做得不错，但是有些地方我也特别注意。总之就是从小起步。实际上我们也是因为资金不充裕，没有直接开大店的能力，但是从小起步有很多好处。

SUSHIYA 是一个宽三米、长二十五米左右的狭长店面，可能称之为鳗鱼的窝最贴切了吧。当时我们甚至担心它是否能满足开餐厅的规定，可见是相当的小。

但也正是因这个程度的大小，我们才能在没有资金、没有经验、甚至什么都没有的情况下开业。我们想"即使失败了应该也不会有多大的损失吧"，所以才能够果断地迈出第一步。

在这里我们积累了经营餐厅的经验，常客也越来越多，正因为如此，大约十年之后我们才能转到更大一些的 TOSHI'S SUSHIYA。

从小起步这个经验在桂月时也有充分应用。本来桂月是能够容得下四十人左右的比较宽敞的空间，我们的目标是以会席料理为中心的高级餐厅，容纳座位数越多，配备的员工也就越多。我们当时的做法是，有意识地从小起步，直到菜单及服务的形式固定下来。

本来桂月就没有可以参考的模版。当然在日本有很多高级日本料理店，美国东海岸也有一些非常有名气的日本料理店。但是我们仔细调查后发现，日本的高级店大多都是和式的单间，而美国更多的是桌子座位。东海岸名店的料理也多是带了浓厚的日西合璧的色彩，与传统的会席料理不同。

还有一点不同的是，桂月没有采用美国常见的小费制，而是按一定的比例在结账的时候收取服务费。

桂月之前的 TOSHI'S SUSHIYA 采用的是小费制，小费都进了服务员、服务生的腰包。但是仔细想一想，顾客的感谢并不只是针对直接上菜的人，厨师以及清洁人员等幕后的工作人员的努力应该也有回报。

因为能收到小费的人和收不到小费的人之间不断萌生出不公平的感觉，所以在桂月我就放弃了小费制度。但是因此，事实上也增加了桂月里实验性的要素。

没有能够学习的对象时怎么办？结果就只能自己去尝试。

最开始的时候我们提供的会席料理是九碟组成的，后来减少到七碟，价格也降了下来。我们发现每个月变化不同的菜品的话，采购起来特别烦杂，所以中途开始变为每隔六周变化一次。在圣诞节以及情人节等特别的日子，提供特别的菜品，这期间就停止寿司的供应。

事实上，开业半年到一年期间我们不断地进行这样的摸索，最终确定下了桂月的形式。实际上这段期间，我们没有为了招徕尽可能多的顾客，做什么特别的事情。当然毫无疑问我们也想提高营业额，但是我们还是优先固定店里的形式，所以我们的目光只是限于能够理解我们所期待的世界的顾客。

如果刚起步就做得很大，我想就很难进行这样的摸索吧。但是，正因为我们从小起步，所以在发现不对的时候能够毫不犹豫地改变方向，结果，我们能够很快使店铺走上正轨，成为美国前所未有的提供会席料理的高级日本料理店。

使用新的工具

～～～

我也想谈一下工具的事情。我说的工具可不是寿司店必备的七种工具，比如菜刀、卷帘之类的。我要说的工具是大家可能认为与寿司店、日本料理店离得很远的 IT 服务。实际上，我也有暗自得意，可能我们是比较早使用这些工具的人吧。

九十年代中期，TOSHI'S SUSHIYA 已经开通了自己的主页，我们真正充分地使用 IT 是在二〇〇四年桂月开业之后。那个时候我们注意到一个餐厅预约网站。

我们作为顾客使用之后觉得非常方便，所以就去咨询了一下。据负责人介绍，使用网站的餐厅基本还没有像桂月这样规模的店子，也没有日本理料店使用预约网站。然而，正因为没有前例，所以负责人才显得非常感兴趣，我记得还在导入费用上给了我们优惠。

当时，每位通过这个系统进行预约的顾客，我们要支付一美元给网站。这绝对算不上便宜，但是，桂月为了广告宣传使用的钱也差不多是这么多。如果考虑到广告效应，这个手续费设定还算是非常巧妙，并不是无法接受。

当然网站的基本功能是接受顾客的预定，同时网站建立起的顾客信息数据库也非常方便。"哪位顾客什么时候来过"、"喜欢的座位是哪个"、"有什么喜好"、"生日以及结婚纪念日是哪一天"……这些信息都能够记录下来。

每天，在开店之前，我会把所有的员工聚集起来开一个会，把上述信息提前灌输给为顾客提供服务的相应员工。

像这样的事情如果说白了真的是非常的简单，不过毫无疑问也非常有用。顾客觉得是店里对他们的事情记得很清楚，所以会很开心。当然，我们也会努力地用大脑去记，但是有这些工具的话，真是如虎添翼。

还有一个工具看起来有点陈旧，那就是邮件列表。对于光临店里的顾客，我们都会请他们留下电子邮箱的地址，最终我们制作了一个差不多一千人的列表。

会席料理更新菜品等的时候，我们会通过邮件告诉顾客们，反响出奇地好。除了给预约网站的手续费，桂月没有花任何费用在广告宣传上,即便如此,也能为众多的顾客所知悉。

桂月关门之前,我们还用上了推特以及社交网站Facebook。使用这些的时间比较短,也未能充分验证其效果。即便如此,在突然有顾客取消预约的时候,我们通过推特通知顾客,也有顾客回应,我想如果使用的时间再长一些的话,也许能尝试其他各种各样的用途吧。

使用这些工具让我吃惊的一点是,成本非常低,甚至有的是免费的。新事物层出不穷,追赶最新的潮流是件非常不容易的事,但仍然是有尝试的价值。新的事物的出现应该是有相应的理由,所以尝试着去使用比什么都重要。这也是从我的经验里边学到的一点。

Think Different（与众不同）

～～～

八十年代的美国说到日本料理，主流是寿司、天妇罗、寿喜烧、照烧这四种食物的综合，我们在那个时候开了专门做寿司的SUSHIYA，等到寿司非常普及的时候，我们转换方向，开始经营以会席料理为中心的桂月。

当然这并不是说我的性格古怪，但实际上却是背潮流而行。不在意别人的眼光，做自己想做的事情，我切身地感觉到现在的结果是因为我一直坚持这样的姿态。

桂月附近新开了一家日本料理店的时候，史蒂夫曾经问过我："和他们是竞争对手吗？"当时我仅仅是非常简短地回答说："不，不是的哦。"现在我多少有些后悔，当时的回复应该更加详细一些。

那家日本料理店日西合璧的色彩比较浓厚，而桂月是以传统的会席料理为中心的。而且我非常自信地觉得我们在价格上也有很大的差别。

不管是日本料理店，还是西餐厅，不断有新的店开业，经营日西合璧的料理，一时之间，这个地区变得非常混杂。竞争激化的必然结局是，竞争变得本末倒置，变成是看哪一家提供的菜品更加奇特。

我听说很多厨师们都在为接下来做什么新的菜品而为难，还听说过曾经登上米其林排行榜的一位有名的厨师，在追求独创性时走进了死胡同，因为评价下滑，最终自杀的事情。

发展到这种情况，就完全搞不明白竞争到底是为了什么。TOSHI'S SUSHIYA时代，在传统的寿司材料以外，使用鳄梨以及奶油乳酪的fancy roll流行时，我们无动于衷，也没有加入日西合璧的潮流，但是我想从结果来看，我们的做法应该是正确的。

说到追逐潮流，我听过加利福尼亚特有的一件非常有趣的事情。

十九世纪中期的淘金热时，人们怀着一攫千金的梦想，从世界各地蜂拥到加利福尼亚，听说他们中的大部分都没有收获巨额财富。

然而获得财富的是向来淘金的人们出售铁锹和镐的商

人。因牛仔裤而出名的李维·斯特劳斯，也是因为他提供的帆布裤子非常耐磨，符合那个时代的需求。

我专门提到这个故事是想说明转换视点的重要性。稍微地转变想法，就会发现机会到处都有。我不得不这样认为。

可能稍微有些牵强吧，我想史蒂夫之所以这么喜欢我们的店子，可能是因为他内心深处非常认可我们这样的姿态吧。

九十年代后期，重返苹果的史蒂夫以 Think Different 为题目的广告活动吸引了众多眼球。广告通过鲍勃·迪伦、马丁·路德·金、约翰·列侬、爱迪生等人，强烈地表现出"苹果的与众不同"。

不是追求出奇，而是彻底地思考"事物本身应有的状态"，其结果表现得与众不同。就连我们这些不是很懂 IT 及电脑的门外汉来说，也觉得这样的姿态非常的果断、帅气。虽然我们和苹果所处的行业不同，规模不同，影响力不同，什么都不同，但我们也一直希望自己能够成为同样的存在。

桂月关门后不久，我与住在硅谷的熟人谈起了我们的经验，他非常感兴趣地说："这正好和最近风险投资企业的趋势一样啊。"

创业时选择合适的合伙人，以及从小起步，这些是风险企业成功的重要因素。听说风险投资家经常对创业的年轻人说明或者指导这方面的内容。我不是很清楚我们的经验和最近的这种潮流是不是真的一致，也没有办法去验证，如果真的是这样的话，那真的是非常有趣。

在硅谷开日本料理店的人应该不多，创办风险企业的人应该也有限。但是不管规模大小，很多人应该有机会去挑战没有经历过的事情。

如果那个时候，通过我们的经验学习到的一些东西能起到帮助作用的话，我将非常欣慰。

后 记

我与丈夫经营的日本料理店桂月关门之后已经过去了两年。包括之前的 TOSHI'S SUSHIYA，我们从事餐饮业的时间大约是二十多年，退出餐饮业后，我自己又干回了老本行——会计的工作。因为离开会计工作这么久，我过去积累的经验很多都派不上用场，要习惯新的生活也要花上一番工夫。两年的时间过去了，渐渐地我也开始适应了。

本书稿是通过采访完成的，采访中起到非常重要作用的就是各种 IT 服务。九十年代中期开始，TOSHI'S SUSHIYA 开通了主页，后来桂月充分使用了邮件列表以及餐厅预约网站。能够非常自然地接触并使用本书中提到的这些新的工具，可能是因为我们置身于这个世界范围内也极为罕见的 IT 产业聚集地吧。

我自己也不是非常熟悉IT服务，但是我想可能正是因为大家对这样的IT服务感兴趣，结果才成就了寿司店与IT这样稍稍奇怪的组合吧。

如果没有近千人的清单、电子邮件的往来以及预约网站保留的记录，我们可能也没有办法很好地回答采访。在采访当中，有些我们记得不是特别明确的地方，我们就会去查这些资料。这样就能非常清楚地想起当时的事情，以及与顾客的沟通等等，让我们也有一种久违的感觉。采访中我切身地体会到IT服务在我们未曾料想的地方发挥了重要的作用。

这些工具本来也只是幕后的英雄，主角是热爱我们店的每一位顾客。我无法用语言表达对他们的满腔谢意。从盈亏的角度来看，我们经营的日本料理店可能未必能算得上满分，但是再加上我们与顾客每一次美好的相遇就远远不止了，这些都是我们非常珍贵的经历。

除了支持我们的顾客以外，在这里我还想要对我们的员工、水产公司，以及在开店、转移及扩大店面时给我们提供了支持的人们表示感谢。如果没有他们的存在，我们的挑战也是不可能完成的。

柳寿司的柳茂树、都寿司的宫腰哲郎、为我们提供了开业资金的 KANSAI 的常客茂木茂、融资给我们的银行分行长 Allen Sakamoto、负责店里装修的达克·奥特纳利真的给我们提供了很大的帮助。这里同样感谢在采购食材时为我们提供帮助的国际水产公司的古田正光、在桂月开业之际介绍备前的陶器给我们的藤田晃一。

本书能完成多亏日经 BP 社出版局的高畠知子局长、中川部长的出版策划，对她们的尽心尽力在此表示感谢。本书的编写是源于日本经济新闻的一篇报道，那篇报道是由日本经济新闻的硅谷分局前局长冈田信行、现任局长奥平和行完成的。此外，外村仁长期光顾桂月，并且在本书的序言中给予我们高度的赞扬。在此表示深深的谢意。

二〇一三年十月

佐久间惠子

采访配合

佐久间俊雄　(Sakuma Toshio)

～～

出生于福岛县。十五岁开始学习寿司。一九七九年到美国，一九八五年在加利福尼亚州的帕罗奥图市开了第一家店 SUSHIYA（鮨屋）。一九九四年开第二家店 TOSHI'S SUSHIYA，二〇〇四年开专门提供会席料理的桂月。深受包括创业家、投资家在内的硅谷当地民众的喜爱。二〇一一年十月桂月关门。现居硅谷。

佐久间惠子　(Sakuma Keiko)

～～

出生于冲绳。夏威夷大学经营学毕业（Bachelor of Business Administration）。取得美国公认会计师资格。曾在四大会计事务所工作，与丈夫俊雄一起经营日本料理店十六年。现在硅谷的会计事务所工作。

序文

外村仁　(Hokamura Hitoshi)

曾工作于管理咨询公司贝恩，后担任苹果公司的市场工作。从约翰·斯卡利到史蒂夫·乔布斯，五年间经历四位 CEO。在瑞士 IMD 商学院取得 MBA 后，在美国硅谷创业，创办数据传送技术公司，后出售。现任印象笔记日本法人会长、First Compass Group 联合代表、数家新兴企业的顾问以及 Open Network Lab 的创业顾问等职。曾解说《乔布斯的魔力演讲》、《体验苹果：苹果零售店成功的奥秘》（以上书为日经 BP 社出版）

著作权合同登记号 图字 01-2015-5566

JOBS NO RYORININ
Written by Nikkei Business Publications, Inc. Shuppankyoku.
Copyright © 2013 by Nikkei Business Publications, Inc.
All rights reserved.
Originally published in Japan by Nikkei Business Publications, Inc.

本书中文简体字版权由北京大恒天和翻译服务有限公司代理。

图书在版编目（CIP）数据

乔布斯的厨师/日经BP社出版局 编;董海涛译. —
北京:人民文学出版社,2015
ISBN 978-7-02-011150-3

Ⅰ.①乔… Ⅱ.①日…②董… Ⅲ.①回忆录—日本
—现代 Ⅳ.①I313.55

中国版本图书馆CIP 数据核字(2015)第230391号

责任编辑	陈　旻
书籍设计	陶　雷
责任印制	史　帅
出版发行	人民文学出版社
社　　址	北京市朝内大街166 号
邮政编码	100705
网　　址	http://www.rw-cn.com
印　　刷	北京松源印刷有限公司
经　　销	全国新华书店等
字　　数	100千字
开　　本	850毫米×1168毫米　1/32
印　　张	7.5
印　　数	1—10000
版　　次	2015年12月北京第1版
印　　次	2015年12月第1次印刷
书　　号	978-7-02-011150-3
定　　价	35.00元

如有印装质量问题,请与本社图书销售中心调换。电话:01065233595